礼仪故事

温暖心灵的

Wuhan University Press
武汉大学出版社

图书在版编目(CIP)数据

温暖心灵的礼仪故事/孟凡丽,袁毅编著. —武汉:武汉大学出版社,
2012.3(2023.5重印)

(中国学生品德教育必读书:彩图版)

ISBN 978-7-307-09583-0

Ⅰ.温… Ⅱ.①孟… ②袁… Ⅲ.故事–作品集–世界 Ⅳ.I14

中国版本图书馆 CIP 数据核字(2012)第 035611 号

责任编辑:武 彪   责任校对:杨春霞   版式设计:文畅智悦

出版发行:**武汉大学出版社** (430072 武昌 珞珈山)

(电子邮箱:cbs22@ whu. edu. cn 网址:www. wdp. com. cn)

印刷:三河市燕春印务有限公司

开本:710×1000 1/16   印张:10   字数:62 千字

版次:2012 年 3 月第 1 版 2023 年 5 月第 3 次印刷

ISBN 978-7-307-09583-0   定价:45.00 元

给爱读故事的同学们

亲爱的同学们：

　　故事，伴随我们走过了天真烂漫的童年。那时的故事，是安抚孩子的催眠曲，是温暖孩子心灵的一盏灯火。而此时，一篇篇充满人间至情、生命真谛的故事，则是我们认识人生的途径，解读未知的助手，伴随成长的伙伴。

　　读别人的故事，参照自己的人生，我们懂得了感恩，懂得了爱与被爱都不容易，懂得美德来自于内心，懂得了人生需要风雨，懂得智慧是在坚持和拼搏中闪光的汗水，懂得礼节自在人心，懂得为人处事的微妙，懂得了向时代精英看齐的重要……总之，在故事里、在阅读中，我们懂得了很多很多，这就是《中国学生品德教育必读书》的真谛。

　　在这套书中，我们用感恩、励志、美德、情商、智慧、自然、榜样这几个词来概括成长，是因为我们和大家一样，都在体会成长。这里的故事，也许会让你泪流满面，也许会让你捶胸顿足，也许只是一丝温暖，也许有些残酷的现实，但请相信，这就是成长中的我们必须要去体味的人生。

　　爱读故事的孩子们，让我们一起在故事里哭着、笑着、成长着……

　　愿你：健康、快乐、聪明、勇敢、坚强、乐观、善良……

编委会

2012年3月1日

目 录 //

CONTENTS

❸ 静谧中的礼仪·公共礼节

❹ 改变生命的微笑·律己修身

重孝敬贤

善是一种循环 ●

在中国，孝为善之首，任何一个人，都是为人子女者。感恩自己的父母，回报养育之恩，是每一个人立足于世间的根本礼仪。

在中国，先贤的智慧孕育了中华文明，时至今日，引导我们前行的师长、圣贤则用自己的智慧探索着未来，我们敬贤，就是尊重中华的传统文明，就是尊重自己的未来。

重孝敬贤，让中华民族老吾老，以及人之老的美德渊远流长。

爱比恨只多一笔

文/佚名

无论你的心里是恨还是爱，你都必须懂得孝顺，这是你为人的根本。

父母离婚后，他和妹妹跟了母亲。父亲搬出去，和那个叫刘小敏的女人一起离开了小城。

母亲常常坐在家里，精神恍惚，单位领导替她打了病休报告。

长大是一件不容易的事。那时，他只恨自己长得不够快。为了省几个钱，他去很远的郊外打荒草，再背进家门。母亲的间歇性精神病发作了，他把泪往肚里咽了又咽，终于没有哭出来。

他没考大学，工厂子弟学校正在招老师，他居然考上了，做了体育老师。后来，他结了婚，日子过得磕磕绊绊。就算母亲犯了病，损坏了东西，妻子也不吭声。他觉得，这就够了。

日子刚过安稳，有一天，父亲回来了，原来，那女人花光了他的钱，跟别人走了。父亲说："好歹你是我儿子，有血缘关系。"

妻子说："该养儿子时，不见你的影子，快要养老时，你却跑出来当爹。"母亲走过来，拉住儿子的手，说："让他回来吧……"儿子不吭声，抽了一地的烟头。末了，他问母亲："你真的不恨他？"既是问母亲，又是问自己。

他去了父亲居住的小屋。已是深秋，那里冰冷冰冷的，只有一张小床、一个小电炉、几包方便面。父亲见到他，紧张得像一个孩子，说："坐吧。"

他坐在床上，居然比父亲高了一截。两个人对着抽烟，很快，屋里烟雾缭绕。后来，他站起来，走到门口，父亲跟在后面。他说："星期天，我来接你。"

他在离家很近的地方，给父亲租了房，跑前跑后地忙着装修，墙壁是他亲自刷的，屋里的桌椅碗筷，都是他去买的，做这些事时，他好像不恨父亲，居然有些欣喜。

妹妹来了，说："哥，你想好了？"他点点头。

母亲跟着父亲生活，很久都没犯病。他经常去，坐在小院里，很少说话。他看到父亲给母亲梳头，很轻很轻，掉的头发，他一根根拾起来，放进一个小盒子里。父亲说："老伴啊，叶子都掉光了，我们这两棵老树，就该走啦。"母亲微微一笑。他站起身，他的心第一次变得宽广了。

那天，他教邻居的孩子写字猛然发现，爱比恨只多一笔。就这么一笔，写出的却是人间的冰火两重天。

● 礼貌谏言 ●

　　孝顺自己的父母，是中华民族传统礼仪中最为重要的一点。能够在父母膝下尽孝，是一种责任，更是一种幸福。

　　当文中的他接受了自己的父亲时，他自己也获得了解脱，这就是爱的力量。在你的父母面前，放下所有，只留下你的爱去孝敬就可以了。

不要扔下妈妈

文/佚名

反哺我们的父母，就像他们曾经哺育了我们一样。

　　曾经看过这样一则故事：媳妇对婆婆说："煮淡一点你就嫌没味儿，现在煮咸一点你却说咽不下，你究竟想怎么样？"母亲一见儿子回来，二话不说便把饭菜往嘴里送。媳妇怒瞪他一眼，他试了一口，马上吐出来，儿子说："我不是说过了吗，妈有病不能吃太咸！""那好！妈是你的，以后由你来煮！"媳妇怒气冲冲地回房。儿子无奈地轻叹一声，然后对母亲说："妈，别吃了，我去煮个面给你。""仔，你是不是有话想跟妈说，是就说好了，别憋在心里！""妈，公司下个月升我职，我会很忙，至于老婆，她说很想出来工作，所以……"母亲马上意识到儿子的意思："仔，不要送妈去老人院。"声音似乎在哀求。

儿子沉默片刻，他是在寻找更好的理由。"妈，其实老人院并没有什么不好，你知道老婆一旦工作，一定没有时间好好服侍你。老人院有吃有住有人服侍照顾，不是比在家里好得多吗？""可是，阿财叔他……"洗了澡，草草吃了一碗方便面，儿子便到书房去。他茫然地伫立于窗前，有些犹豫不决。母亲年轻便守寡，含辛茹苦将他抚养成人，供他出国读书。但她从不用年轻时的牺牲当作要胁他孝顺的筹码，反而是妻子以婚姻要胁他！真的要让母亲住老人院吗？他问自己，他有些不忍。

"可以陪你下半世的人是你老婆，难道是你妈吗？"阿财叔的儿子总是这样提醒他。

"你妈都这么老了，好命的话可以活多几年，为何不趁这几年好好孝顺她呢？树欲静而风不息，子欲养而亲不待啊！"亲戚总是这样劝他。

儿子不敢再想下去，深怕自己真的会改变初衷。晚上，太阳收敛起灼热的金光，躲在山后憩息。一间建在郊外山岗的一座贵族老人院。是的，钱用得越多，儿子才心安理得。当儿子领着母亲步入

大厅时，崭新的电视机，42英寸的荧幕正播放着一部喜剧，但观众一点笑声也没有。几个衣着一样，发型一样的老妪歪歪斜斜地坐在发沙上，神情呆滞而落寞。有个老人在自言自语，有个正缓缓弯下腰，想去捡掉在地上的一块饼干吃。儿子知道母亲喜欢光亮所以为她选了一间阳光充足的房间。从窗口望出去，树荫下，一片芳草如茵。几名护士推着坐在轮椅的老者在夕阳下散步，四周悄然寂静得令人心酸。纵是夕阳无限好，毕竟已到了黄昏，他心中低低叹息。

"妈，我……我要走了！"母亲只能点头。他走时，母亲频频挥手，她张着没有牙的嘴，苍白干燥的嘴唇在喏嚅着，一副欲语还休的样子。儿子这才注意到母亲银灰色的头发，深陷的眼窝以及打着细褶的皱脸。

母亲，真的老了！他豁然记起一则儿时旧事。那年他才6岁，母亲有事回乡，不便携他同行，于是把他寄住在阿财叔家几天。母亲临走时，他惊恐地抱着母亲的腿不肯放，伤心大声号哭道："妈妈不要丢下我！妈妈不要走！"最后母亲没有丢下他。他连忙离开房间，顺手把门关上，不敢回头，深恐那记忆像鬼魅似地追缠而来。

他回到家，妻子与岳母正疯狂地在母亲房里的扔得不亦乐乎。身高3英寸的奖杯—那是他小学作文比赛"我的母亲"第1名的胜利品！华英字典——那是母亲整个月省吃省用所买给他的第1份生日礼物！还有母亲临睡前要擦的风湿油，没有他为她擦，带去老人院又有甚么意义呢？

"够了，别再扔了！"儿子怒吼道。

"这么多垃圾，不把它扔掉，怎么放得下我的东西。" 岳母没好气地说。

"就是嘛！你赶快把你妈那张烂床给抬出去，我明天要为我妈添张新的！"

一堆童年的照片展现在儿子眼前，那是母亲带他到动物园和游乐园拍的照片。

"它们是我妈的财产，一样也不能丢！"

"你这算甚态度？对我妈这么大声，我要你向我妈道歉！"

"我娶你就要爱你的母亲，为甚么你嫁给我就不能爱我的母亲？"

雨后的黑夜分外冷寂，街道萧瑟，行人车辆格外稀少。一辆宝马在路上飞驰，频频闯红灯，飞驰而过。那辆轿车一路奔往山岗上的那间老人院，停车直奔上楼，推开母亲卧房的门。他幽灵似地站着，母亲正抚摸着风湿痛的双腿低泣。她见到儿子手中正拿着那瓶风湿油，显然感到安慰的说："妈忘了带，幸好你拿来！"他走到母亲身边，跪了下来。"很晚了，妈自己擦可以了，你明天还要上班，回去吧！"他喁嚅片刻，终于忍不住啜泣道："妈，对不起，请原谅我！我们回家去吧！"

●礼貌谏言●

　　孝顺，从来就不是只要你给父母足够的金钱就可以，更不是你就得已经做到就可以。父母的幸福，简单而又感人，你能够在父母需要时出现，可以与父母贴心的交谈，这都是你孝顺的表现。

感恩父母

文/佚名

时而对自己的父母道一声感谢，你会发现人间亲情的美丽。

　　二十多年前的某一天，父母用泪水和幸福的笑容迎接了我的到来。从此，父母肩上就又增添了一项责任一项美丽的责任——养育我成人。尽管这是一种沉重的负担，但父母却毫无怨言地抚养我长大。为了给我一个舒适的生活环境，他们总是那么辛苦，那么努力。从此以后，我成了家的轴心，爸妈既要忙工作，又要分心照顾我，那份责任该有多重，我不知道，也没想过父母累不累，开不开心。小的时候，我总把这当作天经地义，因为我不了解，也不知道父母的辛苦。在这个家里，我就是龙头老大，要风得风，要雨得雨。家中已分不清谁是孩子谁是父母。

　　终于我大一些了，也稍稍懂事了，看着父母每每拖着疲惫的身子歪回家，我知道给爸爸妈妈倒上一杯白开水了，并且会甜甜的问一声："爸妈，你们累吗？"这时母亲总会摸着我的头说："好孩子，谢谢你呀！我们不累，一点都不累。"父亲也应和道："孩子真乖。"唉，爸爸妈妈是多么容易满足呀，一杯水，一声问候，便消除了你们的疲劳了吗？可那时我却没有那种头脑，只会傻乎乎的领取爸妈的感谢，支取爸妈的爱心。

现在想起来，父母怎会不累？从我一来到这个世界，大病小灾便随之而来。小时侯我体弱多病，常让父母担心，有时整夜发烧，但爸妈却毫无怨言地送我上医院。无论几时几刻，无论天气如何，风雨无阻。当我睁开疲倦的双眼，看到双眼朦胧的父亲母亲紧握着我的手，而且干裂的嘴唇还发出一声声："好些了吗？"我的泪很快地流了下来，并暗下决心：爸爸妈妈，等我长大后一定要报答你

们的恩情！

是啊，父母的恩情又怎能不报，但又怎能报答得了呢？因为父母给予我们的爱是无私的，是不求回报的，正如《房租》这首诗中说的：在娘身上十个月，我一生也交不起这房租，母亲给了我最美好的人生空间。

渐渐的，我长大了。我的肩上也同时增加了一项美丽的责任——赡养父母。于是我真正成为了一家之主。给妈妈捶捶背，为爸爸揉揉肩。我也知道，与爸妈给我的爱相比，这些孝心是微不足道的，但我却深深地感受到尽一份责任好美好幸福。

阎维文的一曲《母亲》唱的好："不管你走多远，不管你官多大，什么时候都不能忘咱的妈。"这质朴的语言，深沉的感情，感动了多少人啊！的确，无论我们多大的年纪，无论我们多高的官职。在父母眼中，我们永远是顽皮的长不大的孩子。正如老人们常说的一句话：养儿一百年，常忧九十九。不错，父母对爱儿的责任，只有当他们长眠于地下之时，才的得以解脱啊！

是啊，血浓于水啊!对于父母，我们永远有道不完的谢谢，可是他们却不是在意我们的谢。只要我们过的好，他们就感到很幸福了。当我们第一次喊爸爸妈妈的时候，第一次独立迈开一步的时候，第一次歪歪扭扭地写出一个字的时候……是父母在身边耐心地教导我们。父母，是上苍赐予我们不需要任何修饰的心灵的寄托。当我们遇到困难，能倾注所有一切来帮助我们的人，是父母。当我们受到委屈，能耐心听我们哭诉的人，是父母。当我们犯错误时，能毫不犹豫地原谅我们的人，是父母。当我们取得成功，会衷心为我们庆祝，与我们分享喜悦的，是父母。而现在我们远在外地学习，依然牵挂着我们的还是父母。

生活并非想象中那样完美，父母的辛勤是我们无法体会的，我们虽不能与父母分担生活的艰辛、创业的艰难，但我们在生活上可以少让父母为自己操心。当父母生病时，我们是否应担起责任，照顾父母？要知道，哪怕一句关心的话语，哪怕一碗自己做好的方便面，都会慰藉父母曾为我们百般焦虑的心。感恩父母，并不难做到。

我们也许会记得感谢长途路上给我们一碗水喝的大婶，也许会记得感谢给我们让座的大哥哥，也许会记得感谢辛勤培育我们的老师……是的，他们当然是我们要感谢的，可同时，我们更不应该忘记，父母，永远是我们最值得感谢的人！

古语说："羊有跪乳之恩，鸦有反哺之义。"我虽然不信基督，但是我仍感恩，感恩父母的唯一途径就是从现在起也来承担一份为人儿女的责任。啊，朋友！我们的责任是什么？你，我，他知道吗？

● **礼貌谏言** ●∙∙

一个人学着感谢他人，让自己成为一个懂得爱、懂得感谢的知情达理之人，首先要从感谢自己的父母开始。

当父母将一桌好饭好菜端上餐桌时，你懂得道一声谢谢；当父母为了让自己生活得更好，你懂得道一声辛苦。这样的你，不但懂礼，更懂真情。一个人，从内到外地去感激自己的父母，就是在从自己的内心去孝顺我们的父母。

"失而复得"的照相机

文/佚名

让父母的心灵安适，是一个人能够做到的，最贴心的孝顺。

如讲孝心，我所认识的人中，没几个比得上单位的老赵。

为成全他一番孝心，我和另一同事小常分别扮演了一回"旅行社老总"和"办公室主任"。

数天前，老赵的父母从老家来长沙探望儿子。老赵特意在一家旅行社找了一个专职导游陪同，安排父母前往张家界一游。

　　第三天，老两口不慎将儿子价值3000多元的数码相机搞丢了。这下可不得了了！3000元！对省吃俭用惯了的老人来说，简直是天文数字。老人满心自责，马上要求回长沙，说以后再不出去旅游了，"老了，不中用了"。

　　相机丢了，对老赵来说不是什么大事，但如何让父母不为此事烦恼，却让老赵颇感为难。不过，很快他便有了主意，把我和小常叫到办公室，说："请你俩帮个忙。你俩分别扮演一下旅行社老总和办公室主任。冠华当老总，小常当主任，就这么定了。"

　　说完，老赵从办公桌下拿出一部崭新的相机，连同保修单递给我，并告诉自己家住何方。我们当即明白了：就说是旅行社方面赔了相机，是去给老两口做安抚工作！老赵和我俩商讨了所有细节，并要求只许成功，不许失败。

　　去之前，老赵给家里打了电话，说旅行社老总会到家中"赔礼道歉"。热情的老人把我俩迎进屋。按照预定方案，加上我和小常"诚恳"的演绎，约3分钟后，两位老人就确信自己碰上了最注重商业信誉的旅行社老总和办公室主任。10分钟后，我和小常走出赵府，也确信没露出一点破绽。

　　但"后遗症"还是有的。

　　几天后，老赵告诉我，他父母要到单位来参观参观，在参观的那个下午，我和小常要在他们的视线中消失！

● 礼貌谏言 ●
- -

　　无论什么时候，我们懂得为自己的父母着想，真正的去体贴父母的心，真正的了解自己的父母需要什么，这样的孝顺，与贫富无关，与年龄也无关。

生死之间

文/佚名

当一根生命的线将我们与自己的父母连在一起时，你的喜怒哀乐都会与父母相关。

我永远不会忘记2001年9月6日下午5时。在中国作协十楼会议室的学习讨论中，我以一种近乎失态的焦灼，希望会议结束，然后，迫不及待地"打的"回到母亲的住处。快到家时，我又打电话过去，想尽快和母亲说话。铃声空响，我希望她是到楼下散步去了。

推开门，像往常一样，我喊了一声"妈妈"，无人应声。我急忙走进后边一个房间。妈妈呻吟着躺在地上。我扑过去，是的，是扑过去，一把抱起她，想让她坐起来，问她怎么了。她只是含糊不清地说着："我费尽了力量，坐不起来了。"我看着床上被撕扯的被单，看着母亲揉皱了的衣服，知道她挣扎过。一切挣扎都无用。左边身子已经瘫了，无法坐住。她痛苦、无奈、无助得像个孩子。这个曾经十分刚强的生命，怎么突然会变得如此脆弱！

可是，无论如何，我明白了那个下午我焦灼、急切、不安的全部原因。一根无形的线，生命之线牵扯着我的心，没有听见妈妈的呼喊声，可我的心却如紊乱的钟摆，失去平衡，以从未有过的急切，想回到妈妈的身边去。也许，只要她的手触摸一下我，或者，她的眼神注视一下我，我心中失控的大火就会熄灭。

仅仅两天之后，当妈妈咽下最后一口气，永远地告别了她生活

了81年的这个世界的时候，我觉得，我生命的很大一部分走了，随着她，被带走了。我猜想，一个人的理论生命也许会很长，但他就这样一部分一部分被失去的亲人、失去的情感所分割，生命终于变得短暂了。

没有医药可以医治心灵的伤痛。也许只有"忘记"。可是，对于亲人，要忘记又何其难！只好寻求书籍、寻求哲人，让理性的棉纱，一点一点吸干情感伤口上的血流。那些关于生与死的说教，曾经让我厌恶过，现在却像必不可少的药物，如阿司匹林之类，竟有了新的疗效。

有一则关于死亡的宗教故事。说有一位母亲，抱着病逝的儿子去找佛，希望能拯救她的儿子。佛说，只有一种方法可让你的儿子死而复生，解除你的痛苦：你到城里去，向任何一户没有亲人死过的人家要回一粒芥菜籽儿给我。那被痛苦折磨愚钝了的妇人去了。找遍了全城，竟然没有找回一粒芥菜籽儿。因为，尘世上没有没失去过亲人的家庭。佛说，你要准备学习痛苦。

痛苦，需要学习吗？是的。快乐，像鲜花，任你怎么呵护，不经意间就凋零了。痛苦，却如野草，随你怎么刈割，铲除，终会顽强地滋生。你得准备,学习迎接痛苦、医治痛苦、化解痛苦。让痛苦"钙化",成为你坚强生命的一部分。不过,这将是困难和缓慢的学习,你得忍住泪水。

在自己父母深陷病痛时,你能够牵挂和照顾,当父母逝去时,你懂得在伤痛同时更好的生活,这也是孝顺。

善是一种循环 ╎●

文/佚名

爱自己的父母的同时,爱所有的长辈,你会发现在这种爱的循环中,你的父母也在接受着更多的爱。

男孩的母亲病了。病魔在吞噬完了家里的财钱的同时,也渐渐地掠走父亲的热忱和耐心,就连母亲曾有的战胜病魔的信心和意志也一并带走。只有男孩不言放弃,可一个十来岁的孩子,除了一颗爱着的心,再拿什么与现实兑换?有一次,一位同学对他说,在蓬莱阁东的海边有一观音庙，新建了一尊世界上最大的露天汉白玉四面佛，游人如织，香火鼎盛，只要心诚，有求必应呢。

男孩眼前豁然一亮，仿佛找到了根治母亲疾病的灵丹妙药，兴奋地跳起来。随即，他看到了同学晃动的那张制作精美的门票。倏地，刚刚燃起的希望之火顷刻间灰飞烟灭。三十里山路不会阻挠男孩前行的脚步，可没有钱铺垫，他知道难以跨过那很高的门槛。

明天就是星期天，天快放亮时，男孩终于做出了去试一试的决定。他想起老师说过的话：幸运总是光顾那些敢于一试的人。

好像是为了验证他的诚心和勇气，天公故意下起了雨。男孩没有迟疑，找到雨披，用塑料袋把干粮、背包、水包好，骑上自行车上路了。一路上经过雨的洗礼，又承受了太阳的炙烤，三个多小时的行程，男孩早已筋疲力尽。他怯生生、羞答答地挪到门口，对管理人员说：母亲病得厉害，我想去求观音保佑她，可我没有钱……可以想象得出男孩无助窘迫的表情，仿佛可以看到他可怜巴巴含泪的眼神，纵是冷血心肠，任谁也不会无动于衷，用这样一颗赤子心作

通行证的，谁会忍心阻拦呢?

阳光抒情般地洒在男孩身上，他感觉像天使的吻，那样地妥贴。他欢快地跑上延寿桥，抬头便看到神情安详的圣观音正慈祥地看着他，正要跪拜，一回头，看到有个白发苍苍的爷爷站在桥头远远地仰视佛像。一定是那些高高的台阶和打滑路面让老人望而却步。男孩这样想着，便转身穿过拥挤的人群，来到老爷爷面前，搀扶着他。老爷爷说:这么多人，只有你肯扶我一把，只有你心存善念啊。

男孩跪在圣观音面前祷告完毕，发现膝盖处被海绵蒲垫上的雨水浸透了。他想起背包里的方便袋，如果把它拆开铺到蒲垫上，后来的人不就不会把裤子弄湿了吗?于是他把四面佛前面的垫子上都铺上塑料布。老爷爷看到男孩的举动，拍拍男孩的肩膀:孩子，你不用再礼拜了，心中有佛的人，把别人都当做佛来敬来待，这样的人佛怎么能不把福泽降于他呢?放心吧孩子，你母亲的病会从此好起来。

几天后，男孩意外地收到了一笔为母亲治病的赠款，那个署名"心是自己镜子"的人，在留言中说:爱出者爱返，福往者福来。

有时候，善是一种循环，起点是爱，终点也是爱;更多的时候，善不仅仅是简单的循环，一如空中降洒的甘霖，滋润大地后，又升华到空中，来自你，最终归于你，而且加倍。

● 礼貌谏言 ●

男孩的善行，让他及自己的母亲，都获得了爱的馈赠。这种善良的循环，就像是今天在公交车上你给一位老人让了座之后，你就可以想象到，当自己的父母也在公交车上，那些如你一样的年轻人也能帮扶一把，让出自己的坐位，这是多么温暖的一种感觉啊!

用100元读完大学

文/王小慧

用自己的能力，帮助父母挑起生活的重担，你会因为自己的担负，而更加成熟有力。

马军到现在仍然清楚地记得，父亲蹲在学校大门口哭泣的样子。

那年，马军考上了杭州一所大学，为了凑学费，父亲坚持要把家里的老黄牛卖了，那牛是家里最值钱的东西，也是家里最有用的东西，春耕秋收全靠它，马军没有同意。开学时，父亲坚持把马军送到了学校，办理了助学贷款的手续。等一切安顿好了，父亲又给

了他300块钱生活费，而他自己口袋里就只剩下回家的路费了。

父亲蹲在学校门口，看着来来往往的人群，老泪纵横。他已经一天没有吃饭了，可是连三毛钱一个的烧饼也舍不得买。

马军站在父亲身边，默默地看着天，心想，今生今世一定要好好孝敬父母，一定要让父母过上好日子！他把父亲拉起来，步行着把父亲送到火车站，由此节省了6块钱。马军拿着6块钱，给父亲买了几块蛋糕、3个茶鸡蛋和两斤橘子。在火车将要启动的时候，马军硬塞给父亲200块钱，说了句"放心"，转身就跑了。父亲在背后大喊，可是他头也没回！马军不知道100块钱可以挨过多长时间。不过，他是个很乐观的人，想到船到桥头自然直。他找到辅导员，把自己的情况说了一下。辅导员又找到勤工助学部，给马军安排了一份打扫教室的工作。按照学校安排，马军要打扫两个可容纳200人的阶梯教室，每周打扫两次，一个月可以得到150元的报酬。马军说："太少了，能不能让我再打扫两个教室？"老师惊讶地看看马军，说："你不怕影响学习吗？"

"不怕！"马军很直率地回答，"我需要钱，学习我会挤时间的！"

老师看了看眼前这个个头矮小、满脸青春痘的小伙子，他的目光是坚强的！老师什么话也没有说，又给他安排两个教室。这样，马军每月有了300块钱的收入。对某些同学来讲，300块钱根本就算不了什么，可是马军很知足，他想，父母一个月也花不了20块钱

呢，300块钱差不多值五六袋小麦呢！

后来，马军靠自己的努力，获得了更多兼职的机会。在师兄的推荐下，他做起了推销员，谁想这一年他赚了六千多。当老实巴交的父母看到这么多钱的时候，他们愣住了。父亲忽然生了气，要打马军，母亲好不容易拉住父亲。马军挺起胸膛，理直气壮地说："你放心，这是我光明正大挣来的！"他把赚钱的经过给父亲讲了讲，全家人这才放心。

因为这六千块钱，全家人过了一个愉快的春节。节后，马军带了几百块钱回学校了。父亲执意要他多带些，马军不肯，他让父母添点生活用品，买些好吃的，把身体养好。

后来，马军给一家文化公司做了一个摄影大赛的方案。对方老板很满意，热情地请马军去吃火锅。那是马军第一次吃火锅，他本来就喜欢吃辣的，那顿火锅吃得非常过瘾。他觉得这是自己所吃过的最美味的东西了。他下定决心，一定要请父母吃一顿火锅。

回到学校，马军就写信让父母到杭州来看看。母亲不放心家里，就让父亲一个人来了。马军带父亲去了全杭州最有名的"小肥羊"吃火锅。马军要了两大份羊肉，父亲很担心，说："这要花不少钱吧？"马军说："没事，我在那家单位工作出色，老板非常满意。他知道你来了，就特意拿钱让我请你吃饭的。"

父亲听了这话，心里自然高兴，吃得也高兴。

做父母的，最希望看到的不是儿女有出息吗？

马军马上就要毕业了，他对即将面临的就业问题并不发愁。现在，他在校内和别人合伙经营着一个电脑培训班，他可以在毕业前

顺利还上银行的助学贷款，可以顺利地拿到他的学位证、毕业证。

尽管在2005年他才22岁，马军却俨然是一个大男人了。他说，挫折会使我更加坚强。

● 礼貌谏言 ●

当马军从贫困的家庭走进大学校园时，他体会到的不是喜悦，而是父亲的泪水述说出的家庭艰辛。为此，他比别的大学生更苦一些，更累一些。他用自己的力量，分担了父亲的重担，更获得了自己坚强的品质。现在的我们，也许没有感受到家庭的重担压在父母身上是这么感觉。但是如果你能更体谅自己父母的艰辛，能够在生活上更勤俭一些，你也许会发现一个越来越懂事的自己。

徐悲鸿三请齐白石

文/佚名

三顾茅庐的敬贤之举，在任何一个时代都值得传颂。

草庐三顾不容辞，何况雕虫老画师。海上清风明月满，杖藤扶梦访徐熙。

这是齐白石为赠与徐悲鸿的，《月下寻归图》的题诗，由衷感激徐悲鸿"草庐三顾"的识拔之恩。

一九二九年秋，近代画家，美术教育家徐悲鸿，出任北京艺术学院院长。他深信只有优秀的师资，才能培养出优秀的学生，为此用心物色筛选教授，意向聘请的第一人，便是齐白石。

齐白石少年习画，经半个世纪刻苦精勤不懈努力，终于跻身画坛大家之列，于一九二零年定居北京，专业卖画刻印。徐悲鸿一向十分赞赏他的人品画技，称他是真正的艺术大师。

九月初的一天，徐悲鸿来到西单跨车胡同齐白石的寓所。问候过后，道明来意："先生是扬名遐迩的画坛大师，想请您来艺术学院任教。"齐白石婉言辞谢："承蒙徐院长看重，只是老朽年逾花甲，耳欠聪，目欠明，恕难应命，但是心领了。"

"高等院校的教授中，古稀之年还不少呢，齐先生老马识途，点拨指

导，谁能及得上?正是大有用武之时。"徐悲鸿挽请说。

齐白石还是不答应："教授责任重大，还是另请高明的为好，以免误人子弟。"

两天以后，徐悲鸿再次登门拜访，又是盛情邀请，齐白石又以年老为由推辞。

求贤若渴的徐悲鸿不愿就此放弃。百忙中三顾齐宅，而且是顶风冒雨而来，再次表敬爱之心，诚恳迫切相邀。齐白石感动之余，解释了"恕难应命"的真实原因："年老体衰而外，是因为老朽木工出身，并未进过学堂，登台教授缺少经验，恐引教师非议，又恐顽皮学生捣蛋，连课都上不成。"

"齐先生的顾虑不无道理，但似可不必。"徐悲鸿情真意切道："教授的资格，在于真才实学，不计出身如何。有些留过洋的不也是徒有虚名?齐先生融合传统写意和民间绘画的表现技巧，艺术风格独特。不但能教学生，也可教我徐悲鸿。"

"不敢，不敢，徐院长太谦逊了。"齐白石摇手不迭。

"事实正是这样，并非过谦。"徐悲鸿继而保证道："齐先生上课时，不必做长篇的理论，只要作画示范稍加要领提示即可。开学之初，我陪着您上课，为您护驾。以防真有个别学生不守纪律。"

齐白石发自内心的感动，终于点头了："那就试一试吧。"

开学那天，徐悲鸿亲自乘着马车把齐白石接到学校，向全校师生恭敬有加介绍了齐白石的高超造诣。又言出行随，为齐白石"护驾"。考虑到齐百石的确年事已高，徐悲鸿还给予多方照顾：入冬以后天气寒冷，给他在讲台边生个火炉；到了夏天，又给他装个电扇；刮风下雨，又派车接送往来。可谓无微不至。

　　徐悲鸿的三请齐白石，与刘备的三顾茅庐一样，都是敬贤之举。从古至今，让我们看到了一些学者和智者的虚怀若谷，更让我们看到了一些人在贤才面前的谦卑和真诚。懂得尊重，你便可以获得更多的贤良之人的协助。

三十年的重量

文/余秋雨

　　尊师重道，是你即使白发苍苍、功绩卓著的时候，也不能够丢掉的礼节。

　　时至岁末，要我参加的多种社会文化活动突然拥塞在一起，因此我也变得"重要"起来，一位朋友甚至夸张地说，他几乎能从报纸的新闻上排出我最近的日程表。难道真是这样了？我只感到浑身空荡荡、虚飘飘。

　　实在想不到，在接不完的电话中，生愣愣地插进来一个苍老的声音。待对方报了名字，我不由自主地握着话筒站起身来：那是

30年前读中学时的语文老师穆尼先生。他在电话中说，30年前的春节，我曾与同班同学曹齐合作，画了一张贺年片送给他。那张贺年片已在"文革"初被抄家时遗失。老人说："你们能不能补画一张送我，作为我晚年最珍贵的收藏？"老人的声音，诚恳得有点颤抖。

放下电话，我立即断定，这将是我繁忙的岁末活动中最有意义的一件事。

我呆坐在书桌前，脑海中出现了60年代初欢乐而清苦的中学生活。那时候，中学教师中很奇异地隐藏着许多出色的学者，穆尼先生也是一位见过世面的人，至少当时我们就在旧书店里见到过他在青年时代出版的三四本著作，不知什么原因躲在中学里当个语文教师。记得就在他教我们语文时，我的作文在全市比赛中得了大奖，引得外校教师纷纷到我们班来听课。穆尼老师来劲了，课程内容越讲越深，而且专挑一些特别难的问题当场向我提问，我几乎一次也答不出来，情景十分尴尬。我在心中抱怨：穆尼老师，你明知有那么多人听课，向我提这么难的问题为什么不事先打个招呼呢？后来终于想通：这便是学者，半点机巧也不会。

哪怕是再稚嫩的目光，也能约略辨识学问和人格的亮度。我们当时才十四五岁吧，一直傻傻地想着感激这些老师的办法，凭孩子们的直觉，这些老师当时似乎都受着或多或少的政治牵累，日子过得很不顺心。到放寒假，终于有了主意，全班同学约定在大年初一到所有任课老师家拜年。那时的中学生是买不起贺年片的，只能凑几张白纸自己绘制，然后成群结队地一家家徒步送去。说好了，无论如何也不能吃老师家的，怯生生地敲开门，慌忙捧上土土的贺年片，嗫嚅地说上几句就走。老师不少，走得浑身冒汗，节日的街道上，有一队匆匆的少年朝拜者。

我和曹齐代表全班同学绘制贺年片。曹齐当时就画得比我好，总该是他画得多一点，我负责写字。不管画什么，写什么，也超不出10多岁的中学生的水平。但是，就是那点稚拙的涂画，竟深深地镌刻在一位长者的心扉间，把30年的岁月都刻穿了。

今日的曹齐，已是一位知名的书画家，在一家美术出版社供职。当他一听到穆尼老师的要求，和我一样，把手上的工作立即停止，选出一张上好宣纸，恭恭敬敬画上一幅贺岁清供，然后迅速送到我的学院。我早已磨好浓浓一砚墨，在画幅上端满满写上事情的始末，盖上印章，再送去精细装裱。现在，这卷书画已送到穆尼老师手上。

老师，请原谅，我们已经忘了30年前的笔墨，失落了那番不能复制的纯净，只得用两双中年人的手，卷起30年的甜酸苦辣给你。

在你面前，为你执笔，我们头上的一切名号、头衔全都抖落了，只剩下两个赤诚的学生。只有在这种情况下，我们才能超拔烦嚣，感悟某种跨越时空的人间至情。

● 礼貌谏言 ●

对待自己的师长，应该始终如懵懂时一样敬仰和爱戴，这是所有人都应该坚持的礼节。作为一名教书育人的老师来说，自己的学生能够成才，是最大的欣慰，但作为学生，能够时刻做到去爱自己的老师，去爱那些曾经在自己年少时用滋养我们生命的智者，是一种对知识的朝圣。更是一个人知恩图报的真实表达。当我们被要求见到老师是要问好行礼时，你应该懂得，很多时候这不仅仅是一种礼节，而是一种人与人之间表达爱的方式。

张良拜师

文/佚名

按时赴约是对别人的一种尊重。

有一天张良到一座桥上散步，碰到一个老人。老人穿着粗布短衣，他走到张良身边，故意把他的鞋子扔到桥下。然后回过头来冲着张良说："孩子！你去桥下把我的鞋子捡上来吧！"张良听了一愣，很想打他一下，但想到他是一个老人，就强忍着怒气，到桥下把鞋捡了上来。接着老人又命令说："把鞋子给我穿上！"张良想，既然已经给他捡来了鞋子，不如就给他穿上吧，于是就跪在地上给他穿鞋。那老人伸着脚，让张良给他穿好后，就笑嘻嘻地走了。

张良一直用惊奇的目光注视着他的去向。那老人走了一段路，又返回来对张良说："你这个孩子是能培养成才的。五天以后的早晨，就到这里来和我会面！"张良跪下来说："是。"

第五天天刚亮，张良如约来到了那座桥上。不料那个老人已经等在那里了，见了张良就生气地说："和老人约会，怎么能迟到？从现在开始的第五天早晨再来相会吧！"说完就离去了。到了第五天早晨，鸡刚叫，张良就赶去了，可是那个老人又已经等在那里了。老人见了张良又生气地说："怎么又比我来得晚？再过了五天再早点来！"说完又走了。

又过了5天，张良不到半夜就赶到了那座桥上，等了很久，那个老人才来，老人高兴地说："这样才好。"然后他拿出一本书来，指着说道："认真研读这本书，就能做帝王的老师了！再过10年，天下形势有变，你就会发迹了。再过13年，你就会在济北郡谷城山下看到我——那儿有一块黄石，那就是我。"老人说完就走了。

等到天亮时，张良拿出那本书来一看，原来是《太公兵法》（辅佐周武王伐纣的姜太公的兵书）！张良十分珍爱它，经常阅读，反复地学习、研究。

10年过去了，陈胜等人起兵反秦，张良也聚集了100多人响应。沛公刘邦率领了几千人马，在下邳的西面攻占了一些地方，张良就归附于他，成为他的部属。从此张良根据《太公兵法》经常向沛公献计献策，沛公常常采用他的计谋，后来张良成了刘邦运筹帷幄、决胜千里的军师。刘邦称帝后，便封他为留侯。

张良始终不忘那个给他《太公兵法》的老人。13年后，他随从刘邦经过济北时，果然在谷城山下看见那里有一块黄石，他把那块黄石带回了家，称之为"黄石公"。随后张良把那块黄石作为珍宝供奉起来，按时祭祀。张良死后，家属把这块黄石和他葬在了一起。

在和老人约定好时间后，前两次张良都比老人晚到桥上，老人摇头回去了。等到第三次，张良半夜起床，比老人早到了那座桥上，表明了自己拜师的诚意，老人为他以后的人生指明了道路。

在生活中，我们无论做什么事，都要用认真的态度去对待。

黄香温席

文/佚名

香九龄，能温席。孝于亲，所当执。

黄香小时候家中生活很过得非常艰苦，在他9岁时，母亲就去世了，黄香非常悲伤。他本来就非常孝顺父母，在母亲生病期间，黄香一直不离左右，守护在妈妈的病床前，母亲去世后，他对父亲更加关心、照顾，尽量让父亲少操心。

冬夜里，天气特别寒冷。那时，农户家里又没有任何取暖的设备，确实很难入睡。一天，黄香晚上读书时，感到特别冷，捧着书卷的手一会儿就冰凉冰凉的。他想，这么冷的天气，爸爸一定很冷，他老人家白天干了一天的活，晚上还不能好好地睡觉。想到这里，黄香心里很不安。为了不让父亲受冻，他读完书便悄悄走进父亲的房里，给他铺好被，然后脱了衣服，钻进父亲的被窝里，用自己的体温，温暖了冰冷的被窝之后，才招呼父亲睡下。黄香用自己的孝敬之心，温暖了父亲的心。

到了夏天，黄香家低矮的房子显得格外闷热，而且蚊蝇很多。到了晚上，大家都在院里乘凉，尽管每个人都不停地摇着手中的蒲扇，可还是觉得闷热。入夜了，大家都困了，准备睡觉去了，这时，大家才发现黄香一直没在这里。

"香儿，香儿。"父亲忙提高嗓门喊他。"爸爸，我在这儿呢。"说着，黄香从父亲的房中走出来。满头的汗，手里还拿着一把大蒲扇。"这么热的天气，你在屋里干什么呢？"爸爸心疼地说。"屋里太热，蚊子又多，我用扇子使劲一扇，蚊虫就跑了，屋子也显得凉快些，这样你也好睡觉了。"黄香说。爸爸紧紧地搂住黄香说："好孩子，可你自己出了一身汗呀！"

后来，黄香为了让父亲休息好，晚饭后，总是拿着扇子，把蚊蝇扇跑，还扇凉父亲的床和枕头，使劳累的父亲能早些入睡。

人们想，这样孝敬父亲的人，一定很爱自己的国家。黄香果然没让大家失望。长大后，人们推举黄香当地方官，在黄香的领导下，家乡的日子越过越好。

● 礼貌谏言 ●

　　现实生活中，我们是怎样对待自己的父母的，父母含辛茹苦把我们养大，我们也应用爱回报他们。孝敬父母，善待身边的每一个，也是礼貌的一种表现。爱人者，人恒爱之；敬人者，人恒敬之。

美德永存

文/佚名

好人终究一生平安，终究有所回报。

　　凡是认识母亲的人，无不称赞母亲贤惠、宽容、勤劳、节俭，更叹服母亲为人处事之善良。

　　母亲小时候因家境贫寒，没有上过一天学。但从母亲的言谈举止、神态、待人接物和平时生活中对我兄妹谆谆教诲的话语中，会让人错误地认为母亲满腹经纶，饱读诗书，故而处事才有条不紊。实际上，母亲是一个连扁担倒地都不识个"一"字的文盲。

　　母亲在家排行老三，在母亲刚刚学会说话、走路时，外公、外婆过早地离开了人世，留下尚未成年的舅舅、大姨和母亲。三个苦命的兄妹的生活全靠左邻右舍善良的伯父、伯母的热心施舍。甚至，有时兄妹几人饿极了，就上山打野菜、剥树皮，挖草根用清水煮来充饥。

　　也许是过早地尝试过经济拮据、物质贫乏、缺衣少食的苦难生活，从小练就了母亲坚强、刚毅、勤劳、节俭的品质；也许是从小就常受别人恩惠、施舍，练就了母亲平时乐于助人、吃颗糖也要给别家孩子分一半的处事准则；也许是从小尽管过早失去父母，仍得到众多好心邻居帮助的缘故，练就了母亲对待子女从不重言骂之，只是细语劝导，用博大的母爱感化做错事的子女的高贵品质。我们兄妹才能在农村生活条件并不好的六七十年代健康成长起来，并且，在母亲勤俭持家，万般呵护下，我们拥有了强壮健康的体魄，学到了足以用来谋生的知识，继承了母亲血液中流淌的不以数计的高尚品质。我们兄妹能够各自拥有和睦、可亲的小家庭，都是与母亲大半辈子心血的付出分不开的。

　　因而，在现实生活中，无论工作多忙，经济多困难，我们都会

不期而至，回到老家，探望年迈的母亲，也仅此而已，算是对母亲的孝心，算是对母亲养育之恩的滴水回报吧！

记得我5岁的时候，当时的农村还没有实行田土承包责任制，全凭出劳动力工分制。当时，父亲远在60里以外的湾塘乡大塘粮店上班，根本没有时间经常回家帮助母亲出工，只是工作中有了假日，才连夜赶到家中帮助母亲做一些农活儿。所以，一家五兄妹的生活仅靠母亲瘦弱的双肩担负。每天，母亲伴着黎明起床，逐个给我们穿衣服、洗脸，做好饭菜后与寨上男客同牵牛，背犁，犁田打耙。有时，给田土施肥或收割稻谷、红薯。在众多身强力壮的男客面前，母亲从不示弱。袖子、裤腿高挽，牙巴骨一咬，一百多千克一挑的肥料、谷子、红薯就在母亲轻快的步子中，一颠一颠地进了田地和仓库的院坝里。经常做完了工分以内的事，母亲顾不上擦把汗。歇歇脚，掉头就去接体力跟不上的伯父，伯母。村上哪家有红白喜事，总免不了母亲屋里屋外的精心安排，打点操办。寨上有老人寿辰时，母亲拿出亲手泡制的桂花酒端去，祝贺老人寿比南山、福如东海。儿时记忆中的母亲总是那么忙碌。瘦弱而坚强的母亲的身影，总是穿梭于吊脚楼、田园、山坡间。母亲待人总是那么热情，不厌其烦，时刻将笑容展现在别人面前，用一颗真诚、淳朴、善良的心对待生活中的人和事。

村上的六婆，年轻时是外地一个地主家的千金，她能歌善舞，知书达理，因为拒绝嫁给官僚，才私自与自家长工逃到我们村，受到寨上人的热情安置。只因在一次暴风骤雨的夜晚，他们的房屋被

冲倒了，丈夫和儿子不幸遇难。失去了丈夫和儿子，六婆变得神志不清。整天疯疯颠颠，在仓库的小屋唱个不停，闹个不停。每天，母亲忙完农活，总要带上我来到仓库，帮助六婆做些家务事，料理老人的衣食住行。久而久之，在母亲实际行动的感召下，村里70户人家，自发组织起来给六婆送百家饭。寨上的30多个孩子一放学就去给六婆担水、打柴。

老人在众村民精心关照下，渐渐恢复了理智，过上了正常人过的生活，还主动在后山坡上栽下柑桔、梨子、皂子等果木树。母亲13岁到我家与父亲完婚，如今已是40多个年头。40多年的生活，母亲吃过别人没有吃过的苦，但她从来没有向别人谈起过。她始终以一颗真诚、淳朴、善良的心待人处事，把生活的艰辛、苦难深藏在内心底层，时刻以温馨的笑容面对生活。

如今，母亲已是年逾六旬的老人，由于长年累月的苦累，身体一天天垮下来。特别是风湿关节炎折腾得母亲坐立不安，疼痛难忍。姐弟几个四处求医寻药，母亲的病情仍无好转。作为子女的我们心如针刺，抽时间三天两头回到家里，想多陪陪母亲，总被她柔语相劝，又匆匆回到城里工作。

母亲的一生中，时刻用真诚、勤劳、淳朴、节俭、善良的高贵品质处事为人，诠释着生命的真谛。使我们深深领悟到，母亲虽苦累了一辈子，但晚年生活是幸福、温馨的。

● 礼貌谏言 ●

为人要真诚、坦爽，凭良心处事待人。寨上人心地是无私、善良和宽厚的，寨上人对"我"家这般关照，是与母亲平时为人处事，善良待人分不开的。

活动室

　　孝顺，在我们这个年纪，第一件要做的是"顺"，当然，不是无原则的听话，而是在尊重父母的基础上去理解和听从。渐渐地你会体会出"孝"，你也就真正明白了"孝顺"。你是怎么孝顺的，写出你的事例吧！

_____

_____

_____

_____

_____

待人接物

成全善良 ●

礼是发于人性之自然，合于人生之需的行为规范。人与人之间，讲礼、识礼，人与人之间的相处才会充满安全感，这世界才会温暖。而人的礼节，就是从细小之处展现的，待人接物，是个人礼节发挥的基地。

一个人的礼节，也就是在接人待物过程中体现的。待人接物的礼仪故事，就是告诉你，我们与人相处时，可以再宽容一些，再谦卑一些……

成全善良

文/佚名

真正的礼节就是不妨碍他人的美德，是恭敬人的善行，也是自己行万事的通行证。

有位妇女搀着老父亲的胳膊艰难地上了公交车。车上早就人满为患，这时一个小姑娘站了起来，微笑着对老人说："大爷，您来这里坐吧！"可那位老人却说："谢谢了，姑娘，我站站没关系，你坐吧。"

那位姑娘没想到会这样，有些尴尬，再次说："您坐吧，大爷，尊老爱幼是我们年轻人应尽的义务。"那个搀着老人的妇女似乎想说什么，但老人朝她摆摆手，说："好，好，孩子，那就太谢谢你了！"说完，慢慢走到座位前坐下，小姑娘脸上流露出笑意。

奇怪的是：那个妇女明显不高兴，似乎是在责怪父亲。

公交车继续朝前开，突然一个急刹车，那位老人"哎呀"一声，紧皱了眉头，好像强忍着身体某处的不适。

小姑娘在一旁不禁替老人暗自庆幸，亏他坐下了，如果一直站着，不知要遭多少罪。

下面一站就是医院，那父女俩下车了，巧的是小姑娘也是在这一站下车。小姑娘听到那位妇女在埋怨："爸，你也真是的，明知自己臀部有伤口，不能坐，还要坐！伤口疼了吧？"

老人乐呵呵地说："人家小姑娘一片好意！我硬是拒绝她，也许以后再遇到这样的事，她就会有顾虑了……"

是的，成全别人的善良，这何尝不是另一种善良。

● 礼貌谏言 ●

老人忍住病痛，也要接受一个小姑娘的善良。这就是懂礼节的行为。很多时候，我们不但做不到小姑娘的善良，更无法做到老人的知礼懂节。

在接受别人帮助的时候，用感激的心、感激的话、真诚的行为去回应。你在别人眼中，便是一个人在个人行为上做到了懂礼节，在个人修养上做到了善良。

扶人一把

文/凌寒

在别人无助时，用自己的力量扶助一把，你便可以收获意外的感激。

因为要去参加一个聚会，我提前了将近一个小时出门，想到楼下的私人发廊里去洗吹一下头发，把头发吹成飘飘的样子，正好配我那飘飘的一身衣裳。

发廊生意兴隆，却只有一个美发师。他让那小学徒先给我洗头，说，轮到你，恐怕得一个小时以后了。

我没有时间等待，于是问那小学徒会不会吹头发。他结结巴巴地说平时只看着师傅吹，自己从来没有实践过。说完，他就沉默不语了。

"那你想不想实践一下呢？"我问。"我怕给你搞坏了。"他低声地回答。

我没有时间了，不如就让他弄吧，不经过实践，他永远不会出道。我把这个想法说给他听。"谢谢，谢谢。"他用自己无法控制的声音说。我吃了一惊，没想到这么一件小事竟让他如此感激。

他极小心地给我分头路，一次没分准，又分一次。渐渐地，他进入了状态，放开了手脚，梳子、吹风机在我头上一阵"狂轰滥炸"。末了，一幅意想不到的作品诞生了。我那飘飘的黑衣、飘飘的长裤、飘飘的头发，换来了周围人惊叹的呼声。

小学徒展现在众人的目光中，骄傲而幸福。

当我走出发廊的时候，我看见又一个女人的头发被摆弄在了他的手中。

就这样，以后我每当要吹头发时都去找他。慢慢地，他的技术愈趋娴熟，找他的人越来越多，老师傅的脸色也越来越难看。最后，他不得不另起炉灶，在200米远的地方自己租了间房，开起了发廊。

坐在属于他自己的那片小天地里，我再一次欣赏着他为我设计的发型。与以往不同的是，这次他没有收我的钱。

"以前我跟着师傅，没有经济决定权。现在我是老板了，我有权不收您的钱了。一直以来，我都万分感激您，如果当初不是您的信任，就永远不会有我的今天。请接受我最真挚的感谢吧。"他流畅地说着，平常那种结结巴巴的迟缓劲儿一下子都不见了。那是自信给了他正常人的语速。

我呆住了，也感动起来。这个不起眼的理发师让我明白了一个道理：扶人一把，给人以转机，有时可以从一件最小的最不经意的事情做起。此时，我的心情无比舒畅起来。

● **礼貌谏言** ●

作者是在无意的情况下，鼓励了一个怯生生的小学徒，却在这无意间，发掘了他的自信。就是这一次无意的扶助，让小学徒找到了属于自己的天地。

我们在生活中，用自己的全部善心和积极的心态去对待身边的人，很可能在无意间也扶助了一个不自信的生命。最重要的，如果你让自己时刻去帮助别人，你会发现自己的生活会因为善良而熠熠生辉。

公共汽车里的说笑声

文/佚名

放下防备，轻轻地一声问候，你便可以打开一扇背后藏着欢声笑语的大门。

威甘德登上了南行的151号公共汽车。凭窗而望，芝加哥的冬日景色实在是一无是处——树木光秃，融雪处处，汽车溅泼着污水泥浆前进。

公共汽车在风景区林肯公署里行驶了几公里，可是谁都没有朝窗外看。乘客们穿着厚厚的衣服在车上挤在一起，全都被单调的引擎声和车厢里闷热的空气弄得昏昏欲睡。

  谁都没做声。这是在芝加哥搭车上班的不成文规定之一。虽然威甘德每天碰到的大都是这些人，但大家都宁愿躲在自己的报纸后面。此举所象征的意义非常明显：彼此在利用几张薄薄的报纸来保持距离。

  公共汽车驶近密歇根大道一排闪闪发光的摩天大厦时，一个声音突然响起："注意！注意！"报纸哗哗作响，人人伸长了脖子。

  "我是你们的司机。"

  车厢内鸦雀无声，人人都瞧着那司机的后脑勺，他的声音很威严。

  "你们全都把报纸放下。"

  报纸慢慢地放了下来，司机在等着。乘客们把报纸折好，放在大腿上。

  "现在，转过头去面对坐在你旁边的那个人。转啊。"

  令人惊奇的是，乘客们全都这样做了。但是，仍然没有一个人露出笑容。他们只是盲目地服从。

  威甘德面对着一个年龄较大的妇人。她的头被红围巾包得紧紧的，他几乎每天都看见她。他们四目相对，目不转睛地等候司机的下一个命令。

  "现在跟着我说……"那是一道用军队教官的语气喊出的命

令，"早安，朋友！"

他们的声音很轻，很不自然。对其中许多人来说，这是今天第一次开口说话。可是，他们像小学生那样，齐声对身旁的陌生人说了这四个字。

威甘德情不自禁地微微一笑，完全不由自主。他们松了一口气，知道不是被绑架或抢劫；而且，他们还隐约地意识到，以往他们怕难为情，连普通礼貌也不讲，现在这腼腆之情一扫而光。他们把要说的话说了，彼此间的界限消除了。"早安，朋友。"说起来一点儿也不困难。有些人随着又说了一遍，也有些人握手为礼，许多人都大笑起来。

司机没有再说什么，他已无需多说。没有一个人再拿起报纸，车厢里一片谈话声，你一言我一语，热闹得很。大家开始都对这位古怪司机摇摇头，话说开了，就互相讲述别的搭车上班人的趣事。大家都听到了欢笑声，一种以前在151号公共汽车上从未听到过的温情洋溢的声音。

● 礼貌谏言 ●

一张报纸，挡住了大家的视线，筑起了防备的心墙。其实只要我们轻轻的一声问候，就可以打开彼此的心门。因为城市的庞大，因为彼此的陌生，我们常常用冷漠的外表隐藏自己孤独的心灵，其实我们每个人都在期待着那一声充满友善的问候。当你孤身漂泊在这个城市中，一声问候，便是一缕暖阳，传递出人与人之间的温暖。

在任何的时候，不要紧闭你的双唇，应该让问候的语言时刻出现，你会得到更为温暖的回应。

基本礼貌

文/刘墉

在心里，我们设身处地地为别人着想，在行为上，我们处处礼貌待人，你会发现自己可以以基本礼貌感动和教育他人。

记得吗？当我们搬来湾边之前，每个夏天的傍晚都要跑步好几条街，到一家杂货店去打电玩。那个店门口总是聚集着许多十六七岁的小伙子，剃着奇怪的庞克或光头族发型，打打闹闹的。我们还看过他们在街角的阴影里吸大麻烟，甚至扭打成一团。

但是，我们居然毫不在意，一次又一次地去那里打电玩。原因很简单——我们发现，他们是"人不犯我，我不犯人"的，甚至可以说，他们居然都有着不错的礼貌。当我们进去时，如果他们正堵在门口，必然会立刻让开，还说声"对不起！"又总是为我们拉着门。当我们玩到一个段落时，尽管他们早已将硬币放在机器上排列着，表示在等待，仍然会礼貌地问："你是否不玩了？我能不能接

手?"

起初我有点怀疑，为什么他们有这样好的礼貌，会不会因为我们是东方人？对远来的比较客气？抑或因为我已三十好几，你又才不过十岁，与他们不属同一层次，而礼让三分？但是长久观察，我发现他们对每个客人都有同样的礼貌。

有一次我跟美国朋友提到这个情况，终于获得了答案，朋友说："必然因为那些孩子的家庭从小就教导他们应有的礼节，大人们之间也都举止优雅，所以礼貌成为他们自然有的反应，不必经过大脑就会产生，即使少年时有些脱轨的阶段，那从小养成的礼貌，是不会变太多的！"

这使我想起有一次到植物园看园游会，有一只狗在人群间打了一个喷嚏，居然好几个人不约而同地说"保佑你！"然后他们才发现打喷嚏的是狗，于是笑了起来。那说"保佑你！"不是一种习惯吗？不必问是谁，自然就会反应！

又使我想起刚来美国教课时，一个学生的笔滚到我的脚边，便将它捡起交给学生。那学生说"谢谢！"我没有立刻反应，隔了两秒钟才回答："不客气！"居然全班都笑了起来。这是为什么呢？

因为那"不客气"在西方人是自然的反应，该当立即脱口而出，我却没有养成这种习惯，而在思想之后，才回答，那"不客气"就带有"最好少来"的意思了！尤其可怕的是，当我们的基本礼貌有问题时，立刻会引起别人的敏感。甚至产生误会。譬如：去年我刚从台湾回来，赶到学校办公室时，秘书居然问我："是不是家里发生了什么事？听说你有些不高兴！""没有啊！我很好！"

我诧异地回答。

经过追问，才知道原来因为当我跨进电梯时，虽然跟里面的同事打了招呼，却没有请靠近按钮的朋友帮我按三楼，而自己伸直了手臂去按。

在台湾，这是很自然的事，大家认为要别人帮忙按是打扰，理当自己动手，岂知在此地，人们觉得在餐桌上帮别人递胡椒罐，在电梯里帮人按键，或为人拉着门，是一种礼貌。不请对方帮忙，硬是"跨位"到别人前面自己动手，反成为不礼貌了。只怪我一时未能反应出国情的差异，而引得同事误会。

由于你母亲对我感慨地说，发现别人的孩子在父母开车接送时，都会说"谢谢爸爸！谢谢妈妈！"而你却半声不吭，好像父母欠你的一样，使我讲以上的故事给你听。

礼貌不但要是一种"诚于中，形于外"的表现，甚至要能成为一种当然的反应。愈是进步的国家，愈是讲求礼貌，因为那代表着尊重、体谅与包容，而没有这三者，社会不可能和谐，人际不容易和睦，民族将难以团结。由"己所不欲，勿施于人"，到"己所欲，施于人"！就是礼貌的真正精神！

● **礼貌谏言** ●···

美国人的基本礼貌到了"己所欲，施于人"的境界，这种礼貌的方式，已经成为一种精神，感染了作者。其实，这种处处显现的基本礼貌，我们一样也可以做到，只要你在自己的内心真正将他人放在第一位，真正让自己在每一个细节处表现出我们的人先我后的观念……

接受帮助也是美德

文/佚名

助人，是一种美德，而接收别人伸出的援助之手，更是一种难得的美德。

那年学校放假，火车从黑龙江哈尔滨启程，回家要几十个小时。到吃晚餐的时间了，我的肚子也早已饿得呱呱叫了。此时，服务员推着餐车叫卖过来。同座的人，都在买饭吃。我知道我的腰包里只有10元钱了，服务员打完邻座最后一份饭后问我：小伙子，你要不要一份？5块的、10块的都有。我说，好吧，那就来一份5块的吧。我边说边掏钱。忽然，我只感到脑瓜子嗡地一下响，糟了，钱没了。我急忙制止服务员打菜，说我的钱被偷了。邻座的眼睛都齐刷刷地射向我，同排的一位中年女人说，小兄弟，我这里刚好有5块零钱，你就打一份饭吃吧。我红着脸说，不、不，我不饿。对面两位客人，又对我投来有点让我受不了的眼光。我猜测，他们是不是认为我在骗饭吃或是个穷乡下佬。一股火气油然从我心底升起。我坚决地拒绝了中年女人的帮助，一场尴尬就这样过去了。

次日起来，我只感到肚子受不了，头有点晕晕的。我知道这是饿的结果。我只好多喝水，以水充饥。当邻客们都在吃早餐时，我有意地起身上卫生间，为的是回避……

又到吃午饭的时间了。当餐车推近我们座位时，那位中年妇女又说，小兄弟，我给你买一份饭吃吧，再不吃东西，是要伤身子的。她是靠在我耳边说的，别人听不见。我婉言谢绝了她。邻坐们吃饭时，我借机去打开水，在车厢交接处看风景。

我回到座位处时，中年妇女正在看杂志。她见我回来了，将书给我说，你想看看吗？我接过书就看起来。水喝多了，尿也多了。当我再次从卫生间回来时，她在收拾东西，我问，你要下车了？她说，是的，前面这个小站，我就下。车停了，她将手中的杂志给我，说，小兄弟，这本杂志就送你看吧。我知道你爱看书。说完她就下车了。

我心里感激她。她给我送来了精神午餐。当火车开动时，我打开书，突然，意外的事情发生了。只见书里藏着一张50元的钞票和一张纸条，上面写着：

小兄弟：帮助别人是美德。但有时候，敢于接受别人的帮助，也是一种美德。拒绝别人的善意，有时可能会伤害别人善良的心。

看着这富有哲理的温暖文字，我的眼里热热的。

现实生活中，很多人不习惯于接收别人的帮助，是因为我们对人与人之间的关系还心存芥蒂，还有很多的顾忌。在火车上丢了钱包的"我"，一再拒绝好心大姐的帮助，可能是出于人的普遍认知，不好意思接受一个陌生人的帮助，但当你的拒绝传递给对方的时候，对方收到的讯息是不被信任。这种拒绝，会让一个善意的帮助变成一场辛酸的独角戏。真诚接收别人的帮助，对帮助表达自己真诚的谢意，就是一种难得的包含着理解的礼仪行为。

莫忘致谢

文/费恩·安德鲁斯·贝德福德

从自己的内心出发，真诚地道一声感谢，这是对那些惦记着你的人的最好回报。

依琳娜、莎拉和德鲁还小的时候，每当他们要向人家致谢，就口述感谢词句由我笔记。但是到孩子长大一些，有能力自己写谢柬了，却必须我三催四请才肯动笔。

我会问："你写了信给爷爷，谢谢他送你那本书没有?"或问："陶乐思阿姨送了你那件毛线衫，你可有向她道谢?"他们的回应总是含糊其辞，或耸耸肩膀。

有一年，我在圣诞节过后催促了几天，儿女竟一直毫无反应，我大为气恼，便宣布：谢柬写妥投邮之前，谁也不准玩新玩具或穿新衣。他们依旧拖延，还出言抱怨。

我忽然灵机一动，就说："大家上车。""要去哪里?"莎拉问，觉得好奇怪。"去买圣诞礼物。""圣诞节已经过去了。"她反驳。"不要啰嗦，"我斩钉截铁地说。

待孩子都上了车，我说："我要让你们知道，人家为了送你们礼物，要花多少时间。"

我对德鲁说："麻烦你记下我们离家的时间。"

来到镇里，德鲁记下抵达的时刻。三个孩子随我走进一家商店，帮我选购礼物送给我的姊妹。然后我们回家。三个孩子一下车便向雪橇走过去。我说："不许玩，还要包礼物。"孩子们垂头丧气回到屋里。

"德鲁，记下到家的时间没有?"他点点头。"好，请你记录包礼物的时间。"

孩子包礼物时，我替他们冲泡可可。终于最后一个蝶形结也系

好了。"一共花了多少时间?"我问德鲁。他说:"到镇上去,用了28分钟,买礼物花了15分钟,回家用了38分钟。"

"包这几个盒子用了多少时间?"依琳娜问。"你们两人都是两分钟包一个。"德鲁说。"把礼物拿去邮寄,要花多少时间?"我问。德鲁计算了一下,答道:"一来一去56分钟,加上在邮局排队的时间,要71分钟。""那么,送别人一件礼物总共花多少时间?"德鲁又计算了一阵。"2小时34分钟。"

我在每个孩子的可可杯旁放一页信纸、一个信封和一支笔。"现在请写谢柬。写明礼物是什么,说已经拿来用了,用得很开心。"他们沉默构思,接着响起了笔尖在纸面上的声音。"花了我们3分钟,"德鲁一面说一面把信封封好。

"人家选购一件情意浓厚的礼物,然后邮寄给你,所花时间也许超过两个半小时,我要你们花3分钟时间道谢,这难道是过分要求吗?"我问。三人低头望着桌面,摇摇头。

"你们最好现在就养成这习惯。早晚你们要为很多事情写谢柬的。"

"你小时候也写这东西吗?"德鲁问。"当然。"

我想起了亚瑟老爷爷。他是我曾祖父最小的弟弟,家住马萨诸塞州,我从没见过他,可是每年圣诞节他都送我一份礼物。他双目失明,由住在隔壁的侄女贝嘉过来帮他开出一批5美元的支票,分别寄给每一个曾侄孙和玄侄孙。我每次都回信致谢,并且告诉他这5美元是怎么用的。

后来我去马萨诸塞州就学,这才有机会探望亚瑟老爷爷。闲谈间,他说很欣赏我写的谢柬。我告诉三个孩子,亚瑟老爷爷每年都送我礼物,我也每年都给他写谢柬。

"那时你漂亮不漂亮?"莎拉问。"我的男朋友说我漂亮。"我说着就走到书架前,取下一本照片簿翻开。在照片中,我站在自己家里的壁炉前面，身穿黑丝绒晚礼服，头发绾成精致的法国贵妇髻。旁边有个英俊青年。"原来是爸爸！"依琳娜有点惊讶。我微笑点头。三个孩子坐下来继续写谢柬。

今年圣诞节，我丈夫和我庆祝了结婚36周年。谢谢你，亚瑟老爷爷。

● 礼貌谏言 ●

当压岁钱送到我们面前时，当亲人们的礼物放在我们手上时，你有说声谢谢的习惯吗？感谢，不仅是一个人表现在自己礼貌的方式，更应该是发自内心的对他人的尊重。

作者用自己的智慧教导孩子们去懂得感谢，这个过程，她让孩子认识到写谢柬，应该是发自内心的，对那些爱着我们的人的回报，不知道你是否也懂得了，谢谢要从心里说出，而不是顺口而言的习惯。

睦邻之道

文/邓笛

在人际关系中，最正确的解决问题的方式，就是客气礼貌地去感动，而不是争执。

因丈夫托比工作变动，我们一家需要搬迁到南非的德班市居住。我们首先物色房子，发现一个荷兰人家庭刚刚居住过的房子十分不错，户型合理，采光充足，离丈夫的工作单位较近。我们租下了这幢房子。我们一家都很高兴。可是，当我们搬进去之后，才明白那个荷兰人家庭为什么要搬走：隔壁邻居家的狗每天晚上都不停地叫。

确切地说，这条狗整夜都在叫唤。如果夜晚天不是很黑，它会

冲着各种影子咆哮；它看到星星吠叫，看到月亮也叫唤；如果天黑得不见一丝亮光，它又会像一个怕黑的胆小鬼一样不安地悲号不已；如果有人经过，它会扯起嗓子怒吼，"汪汪汪"，对别人破坏了它的安宁表示强烈不满；如果夜深人静，它又会孤独地发出呜咽。

一连几个晚上，我都无法入眠。托比抱怨说："我躺在床上都不敢翻身，生怕弄出响动被那条该死的狗听到，那样它就会变本加厉地吼叫。"我不知道该说什么好，只是屏住呼吸，听女儿们有没有睡着。但是我听到的只有那只狗没完没了的叫声。

在我们以前住的地方，晚上偶尔也会听到一两声狗叫，但是没有大碍，完全可以置之不理。然而，这只狗总是不停地叫，实在闹心得很。我们有两个女儿，她们需要充足的睡眠。现在看来，前景十分悲观。

我设法与那个荷兰人家庭取得了联系。"那只狗是一个大问题，"那家的主妇听我说明情况后告诉我，"我曾经和那家人交涉过，我说请让你家的狗闭嘴吧，它吵得我们的孩子无法睡觉。但是，那家人素质太低，根本不采取任何措施。我们搬走，原因就是那条狗。"

狗每晚还是不停地叫。

我们一家人都在忍受。

我开始思考那个荷兰人家庭为什么会交涉失败。我把在我们家做事的老伯叫到身边。"阿基利，"我说，"你岁数大，有生活经验，你能告诉我有什么办法让隔壁家的狗晚上不再叫唤吗？"

"带上一点儿礼物去看望邻居家的主妇。"阿基利说，"她不是傻子，会明白你的来意的。"

"什么样的礼物？"我问。

"不在于礼轻礼重,有什么拿什么。"阿基利建议道,"你不是养了鸡吗?"

"你是说让我带上一些鸡蛋?"我问。

"正是。"阿基利说,然后又补充道,"夫人,你必须按照我教你的去说。"我在一只小竹篮里装了一些鸡蛋,敲响了邻居家的门。邻居家的主妇愉快地欢迎我的来访。我送上了鸡蛋。"远亲不如近邻,我很关心你们家的情况,"我按照阿基利教我的去说,"你家是不是遇到了什么麻烦事?我们听到你家的狗整夜都在叫唤,需要我们帮忙吗?"

邻居笑着收下鸡蛋。她对我的关心表示感谢,并说她家没有什么麻烦事。

回到家后,我对这种方法是否奏效心存疑虑。然而,从此以后,邻居家的狗真的不再叫唤了。后来,我们两家一直友好相处,关系亲密得像是一家人。那只狗见到我们总是亲热地大摇尾巴,白天的时候它偶尔也会叫几声,但晚上绝对保持安静。

邻居相处,尽量保持客气礼貌是唯一的睦邻之道。若和邻居有了一次争执,以后什么事都可能成为吵架的源头,结果就会闹得鸡犬不宁。所以,遇事忍一口气,大事化小,小事化了。忍无可忍了,也要把"尽量保持客气礼貌"当作是一种解决问题的方式。

● 礼貌谏言 ●··

用自己的客气和礼貌去对待那些可能因为纷争而解决不了的事,你会获得意想不到的尊重。当然不仅仅限于与邻居之间,与任何人相处,礼貌总是最好的方式。

女法医

文/简桥生

对待任何一个人，我们都应该在公共场合维护他的尊严。

拥挤的公共汽车上。

女法医忽然瞥见一只苍白干枯的手，已伸向身旁女士的皮包。她心里一惊，镇定地顺着这只手看去，看到的是一张蜡黄的脸和一双狸猫般的眼。女法医判定，这是一个惯偷。怎么办？叫喊吗？叫喊怒抓会引起骚动，小偷也许会挣扎行凶；沉默吗？沉默不语，会使无辜者受害，也不是公安干警的本色。于是，她决定来个智取！

"同志，你病得不轻哟！"她果断地回过头来，正面对着小偷

坦然一笑。

"啊……"小偷被女法医突如其来的话语震慑住了，刚伸进皮包的手急速地缩了回来。但毕竟是小偷，马上又装出一副若无其事的样子："什么病？扯淡！我看你才有病。"

"真的，您病得很重。"说着，女法医果敢地伸出自己白皙、柔嫩的手。迅速地抓住小偷的手，说："你的病，就在这只手。凭我的判断，你患的是骨癌，已是晚期。"

"胡说，我没病。"小偷嘴在反驳，可心控制不住地"咚咚"直跳，特别是那只手直冒冷汗。

"我是一名法医，要对看过的每个病人的病情、健康负责。"女法医不慌不恐，把小偷的手抓得更紧，语气也更加严肃，还从兜里取出工作证给小偷看。

小偷变得惶恐起来，一双狸猫般的贼眼变得黯淡了。"怎么办？"小偷惊慌地满眼乞求地问女法医。他那干枯的手在哆嗦，蜡黄的脸渗出豆大的汗珠。

"放疗、化疗控制不住癌细胞，只能截肢。当前，最重要的是必须住院治疗。"女法医果断地说。听了这番话，小偷蜡黄的脸又一下子变成了灰色。

公共汽车到站了，女法医以让小偷随她一起去看病为由拉他下了车。他们走到医院的大门口时，女法医停住脚步回头对小偷说："要治理这只手其实也不难，去用它辛勤地劳作，多做些于己于人有益的事!"女法医说完这些话语后，心里不由得一阵阵紧张，她屏住气等候小偷的反应。出乎意料，小偷并没有对自己的被骗表现出气急败坏的愤怒来。

多年来他似乎是第一次认真地审视了一下自己的手。尔后他抬起头，迎着女法医期待的目光，低沉地说了一句"我去派出所"后，就转身消失在茫茫人海里了……

● 礼貌谏言 ●

不管你是出于怎样的目的，对于任何一个人，都应该在公共场合维护他的尊严。因为这是他作为一个人的根本权利，与他的地位和行为都没有任何的关系。从自我这个角度说，我们维护了别人的尊严，也是我们尊重他人，礼貌待人的根本出发点。

施恩图报

文/毛宽桥

面对真情的感谢，不合时宜地推托，不如大方地接收，这样你在他人的心中会是一个懂得爱的形象。

2006年夏天，在德国留学的中国青年杨立从波恩港出发，沿着莱茵河开始了他的自行车旅行。

一天，当他来到莱茵河沿岸的一座小镇投宿时，却被几名身着制服的警察拦住。德国国内的治安相当不错，几名警察对他也很客气，在仔细询问了他从哪里来之后，彬彬有礼地把他请到了警局。不明就里的杨立非常紧张地向警察询问缘由，可是对方对情况也并不清楚，说是受一个叫做克里斯托的小镇之托来找他。

来到警局不久，杨立就接到从克里斯托打来的电话。在电话里，小镇镇长掩饰不住欣喜地告诉他，要他回克里斯托小镇领取500欧元的奖金和一枚荣誉市民奖章——这是小镇历来对拾金不昧者的奖励。

原来，两天前杨立路过克里斯托的时候，将捡到的一个装有几千欧元现金和几张信用卡的皮夹送到了市政厅，连姓名都没有留下就悄悄离开了。这次镇长希望他回去，他当时是想都没想就推辞了。镇长问他为什么，他回答说，施恩不图报是我们中国的传统，自己如果接受那笔奖金和荣誉，反倒显得动机不纯。

镇长想了想，问杨立："你知道我们是怎样找到你的吗？"

杨立说不知道。镇长告诉他，在他离开后，镇上的人们立即开始打探这个善良的东方青年的下落。由于杨立在镇上只是稍作停留，镇上的人也只是听说他在沿莱茵河旅行，连具体的方向都不清楚。小镇的警局只好把对杨立相貌的拼图电传给上下游两岸的十多个城镇的警局，发动了百余名警力，这才把他找到。

听到两天来克里斯托小镇如此兴师动众地寻找自己，杨立很是

感动，也很不理解：既然自己都已经离开，还有必要
如此大费周折吗？如果不找的话，岂不是替失主省
下了这笔钱吗？镇长听到他的话之后，用英语说了
句"东方式思维"，然后严肃地回答："施恩不图
报，并不是你们中国人眼中简单的个人问题。可以
说，你拒绝我们的请求，已经相当于在破坏我们的
价值规则。那些奖励你可以不在乎，但你必须接受。
因为那不仅仅是对你个人的认可，也是整个社会对每个
善举的尊重。对善举的尊重，是我们每个公民的责任，也
让我们有资格去劝勉更多的人施援向善。所以，我们才不能因为你
的无私而放弃履行自己的责任。"

　　这番话颠覆了受中华传统熏陶的杨立对"施恩不图报"的理
解，也让已经旅居德国近一年的他第一次真正认识到所谓的"德意
志智慧"，还有这个民族近似古板的严谨和固执。最后，他终于答
应回到克里斯托，因为他明白自己实在辜负不起那份尊重。

● **礼貌谏言** ● ·

　　杨立用中国人的思维告诉自己，施恩是不可以图报的，所以他自
然而然地忘记自己曾经的拾金不昧，也自然而然地拒绝小镇给他的荣
誉，但是这种拒绝，却在无形中伤害了他人。

　　很多时候，我们需要入乡随俗，这种尊重他人礼节的行为，会让我
们在他乡获得更好的人缘和认可。

善意是一颗球

文/佚名

当你理解和原谅他人时，你真诚的客气，就是一种帮助。

有一次，和家人到一家西餐厅用餐。那天客人蛮多的，菜出得慢，我点的餐还没送来，因为是一家人，所以我吃一点你的前餐，你吃一点他的主菜，大家都没注意到这事，但我没忘记。送饮料来时，服务小姐很不好意思地询问，是不是还有一份餐未送来？我说是，服务小姐很客气地说了一声对不起就离开了。

不到三十秒，老板娘带着大厨到我旁边，连声抱歉，说刚把主菜放下去而已，还要一二十分钟，问我能不能等一下，或者就退掉。我答："没关系，我知道你们今天忙，我等一下好了，到时候打包，我带回家。"老板娘跟大厨连声道谢离开。

然后，原来没点餐的小朋友都有了甜点、水果与饮料。买单时我惊讶地问是否算错了，老板娘在旁边解释道："因为你的谅解与客气，所以餐点打八折，没上桌的那一份免费，小孩子的附餐也免费招待。"我笑笑说："你太客气了。"老板娘回了一句话："因为你客气，所以不得不让我们更客气。"我笑着离开，不因为少花钱，只因客气也可以传染给别人……

我的工作让我常常有机会介绍想装潢的客户给做室内设计的朋友，按照行规，或多或少总会有些介绍费，但我从来不接受。大概是从高中开始，当朋友要回报我对他们的帮助时，我总是拒绝。我认真地告诉朋友，哪天我需要帮助，拉我一把就好了。因此，当我需全家外出离家数天时，我不用担心家里的鱼会饿死，花会枯死；当我需要搬运东西时，我不用找搬家公司；当我无车可用时，不必担心没人载……

善意与帮助像是一颗球，当你毫不迟疑地将球丢向对你招手的人时，有天，当你也在招手时，也会有颗球飞到你手中，或者，还不只一颗。

礼貌谏言

很多时候，你受到了优待，是因为你正在以自己的修养和气度理解了他人，帮助了他人。在餐厅，上菜慢是在客流高峰是常常见到的现象，大多数人会大呼小叫地催促，只有那些理解他人，真正有涵养的人，才会如文中的作者那样，给予最大的宽容。这种宽容，就是对餐厅的理解，对餐厅的帮助，所以他收获了意想不到的优待。凡是斤斤计较，总是在小事上与人为难，不但是一种不礼貌，更是一种缺乏涵养的行为。

说实话还是说假话

文/圆中层

在必要的时候，我们需要用自己的赞美之声，获得更愉快的相处。

在一次盛大的舞会上，实话先生见到一位风韵犹存的老女人，他走过去向她行礼，说："您使我想起您年轻的时候一定很漂亮。"

"难道我现在不漂亮吗?"老女人带着几分戏谑说。

实话先生非常认真地说："是的，比起年轻的您，您的皮肤松弛，缺少光泽，还有皱纹。"

老女人的脸一阵白一阵红，尴尬地瞪着那双略带不满的眼睛，刚才的自信得意消失了。

这时，撒谎先生来到老女人面前，彬彬有礼地邀请老女人跳舞，说："您是舞会上最漂亮的女人，如果您能接受我的邀请，我将是舞会上最幸福的人。"

老女人眼睛顿然闪出迷人的神采，她伸出了应允的手。

撒谎先生和老女人在舞池里跳了一曲又一曲，老女人沉浸在无比的幸福之中。

过了一会儿，撒谎先生微笑着对老女人说了句什么，那老女人突然间像萌发了青春活力，全身洋溢着生命的激情与魅力，舞跳得像个年轻人，一个出色、漂亮的年轻女郎。

舞会结束了。

实话先生叫住刚送走老女人的撒谎先生，问道："跳舞的时候你对她说了什么？"

撒谎先生说："我对她说，我爱你，你愿意嫁给我吗？"

实话先生惊愕地瞪大眼睛，气愤不已地说："你又在撒谎了！你根本不会娶她。"

"没错。可她很高兴，难道你没看见吗？"

两人争执不下，各走东西。

第二天他们各自从邮差那里得到一函讣文："×日于×地参与×××的葬礼。"

在墓地，实话先生和撒谎先生不期而遇，他们的目光落在了棺木中，那里躺着的正是那位老女人。葬礼结束后，一位仆人走过来，将两封信分别交给了实话先生和撒谎先生。

实话先生打开信后看到这样一行字："实话先生，你是对的，衰老、死亡不可抗拒。但说出来却如雪上加霜，我将把一生的日记赠送给你，那才是我的真实。"

撒谎先生打开了老女人留给他的遗笔："撒谎先生，我非常感谢你的谎言，它让我生命的最后一夜过得如此美妙幸福。它让我生命的枯木重新燃起了青春的活力，它化去了我心中厚厚的霜雪，我将把我的遗产全部赠送给你，请你用它去制造美丽的谎言吧！"

● 礼貌谏言 ●

那个撒谎的先生，在宴会上送去了不切实际的赞美，却让一个行将就木的老女人收获了生命最后一刻的美妙和幸福。这种"谎言"，也是种礼貌。但这绝对与虚伪无关，当我们的赞美只是为了给他人带去愉悦，而不是简单地取悦于人，我们就在做到礼貌的同时，奉献了自己的一份爱。

审讯专家的绝招

文/佚名

礼貌待人，是不分身份的，因为礼貌，是关系到你本人的作风，与他人无关。

王新平是搞刑侦工作的，一次，他审问的犯罪嫌疑人始终保持沉默，不肯交代赃物的下落。于是王新平决定向公安大学的周教授求援。

周教授进了审讯室，王新平在外面焦急地等候。半个小时后，周教授走出来，笑道："好了，嫌疑人什么都说了，马上派人去搜查赃物！"

王新平几乎不相信自己的耳朵，才半个小时啊！事后王新平仔

细询问了周教授审讯的过程，发现周教授和自己用的是一样的方法，可犯罪嫌疑人就"招"了，这是怎么回事呢？

王新平百思不得其解，周教授突然想起了什么，说："对了，审讯室桌子上的那个风扇，你一直没动过吧？我进去后，发现审讯室里很热，而风扇是对着审讯员吹的，嫌疑人那里一点风都吹不到，所以，我把风扇转了个方向。"

王新平呆住了，这正是取得犯罪嫌疑人信任的关键！自己只想着怎样运用技巧突破对方的心理防线，却没有想到人与人之间最起码的尊重和信任。

● 礼貌谏言 ●

人与人之间起码的尊重，就是审讯专家的绝招。很多时候我们的礼貌因人而异，在我们的内心中，容易把人分成三六九等，容易让自己的。礼貌出现不公平的态度。这种出现偏差的礼貌，不算是一个人的修养。对待任何人，都应该给予起码的尊重，况且你的礼貌只是你自身的一种修养的外在表现，与你施以礼貌的对象毫无关系。对所有人礼貌相待，才算是真正的礼貌。

笑是两人间最短的距离

文/梁子

当你面对一个微笑时，他一定可以放下所有防备，再与你亲近一步。

　　2004年年末的一天清晨，在美国底特律的街头，一辆鸣着警笛的警车疾驶着在追赶一辆慌不择路的白色面包车。面包车上，一个持枪男子疯狂地踩着油门夺路而逃。他叫道格拉斯·安德鲁，曾经是一位职业拳击手。就在20分钟前，穷困潦倒的他持枪抢劫了一个刚从银行提款出来的妇女。他之所以铤而走险，是因为孤独的他太需要钱了，他觉得只有钱才能给他的心灵带来温暖，改变他的生活现状和命运。

　　在他实施抢劫后，接到报警的巡警在第一时间锁定了这辆面包车，并展开追捕。安德鲁驾驶着面包车在人潮汹涌的大街上像没头苍蝇一样疾驰，最后他被逼进一个居民区里，走投无路的他拎着巨款躲进一幢居民楼里。

　　他气喘吁吁地跑上楼，发现了一扇虚掩着的门，便闯了进去。首先映入眼帘的是一个身材颀长的女孩正背对着他坐在窗前插花。他将黑洞洞的枪口对准了女孩，要是她胆敢呼救或反抗的话，他就会毫不犹豫地扣动扳机。

　　女孩显然也被他的声音惊扰了。"欢迎你，你是今天第一个来参观我插花艺术的人。"女孩说着转过身来，笑靥如花。

　　安德鲁惊呆了，放在扳机上的手指下意识地松弛下来，因为呈

现在他眼前的是一张阳光般灿烂的笑脸，而且她竟是一个盲人！她并没有意识到，此刻她所面对的是一个走投无路、穷凶极恶的持枪歹徒，所以她的笑依然是那么甜美，在那些美丽鲜花的映衬下更显得楚楚动人。

"你一定是从电视上看到关于我的报道，才赶来看我插花的吧？"就在他发愣的当口儿，女孩幸福而自豪地笑着说："没想到，在我即将离开这个世界的时候，大家都这么关心我，这几天前来看我的市民络绎不绝，都说是我对生活的热爱给了他们活下去的勇气呢！"

女孩"咯咯"地笑了起来，她的天真以及对一个闯入者的毫不设防让他的情绪渐渐平稳下来。他竟真的按照女孩的指引，开始欣赏女孩的那些插花了。红的玫瑰、白的百合、黄的郁金香在窗台上展示着不可抗拒的美丽。安德鲁突然对这个女孩产生了好奇："你刚才说你即将离开这个世界？"

"是啊，难道你不知道？我有先天性心脏病，医生说我最多只能活到19岁。还有几天就是我18岁生日了。"

"我为你感到遗憾，也许你现在和我一样最缺的是钱了，要是能有更多的钱也许你会很快乐地生活下去！"联想起自己的困窘生活，安德鲁苦涩地笑笑。

女孩微笑着对他说："你说错了，即使有再多的钱也治不好我的病。我现在虽然没有钱但我感觉到了活着的快乐，我反而为那些用自己的生命换取金钱的人感到可悲！因为他们并不知道，快乐与否跟金钱无关。"女孩的话一下子在安德鲁的心灵深处掀起了一股风暴！此时此刻的自己，不正是在用自己的生命换取金钱吗？

赶来增援的警察已经将这个居民区包围得水泄不通，他们并不知道此时在这间屋子里发生的一切。前来搜捕的脚步声越来越近。

"你的插花真美，就像你的微笑那样让人着迷。我要去上班了，再见！"说着，安德鲁拿起一束花叼在嘴里，然后轻轻关上门，走出了她的家。

荷枪实弹的警察没费一枪一弹就抓获了安德鲁。警察在给他戴手铐的时候，他只说了一句话："请不要惊动那个女孩，更不要告诉她刚才发生的一切，好吗？"

第二天，一个嘴里衔着一束花，高举双手向警方投降的图片在当地媒体登载出来。我是在一家网站上看到这张照片和相关报道的。也是在那个时候，我知道了女孩的名字叫凯瑟琳，一个身患重症但热爱生命的美国女孩。也许她到现在也不知道，在那个平凡的清晨发生了怎样一件震撼人心的事。坐在电脑前，我在思考到底是什么力量让穷凶极恶的歹徒放弃抵抗而得到人性回归的，是凯瑟琳推心置腹的话语？还是安德鲁突然产生的对生命的不舍和渴望？ 就

在我为这个问题找不到答案的时候，一周后我又在同一家网站看到了美国当地媒体对这一事件的后续报道。报道中引述了劫匪安德鲁一番发自肺腑的话："我最应该感谢的是凯瑟琳的微笑，如果没有她那粲然的一笑，根本就没有使我俩活下来的机会——她会死在我的枪口之下，而我则会在负隅顽抗中死于乱枪之下！是她的微笑救了她自己，也救了我……虽然她是一个盲人，但她显然懂得微笑对一个人的伟大意义。在此之前，要是人们对我少一些冷漠，多一些微笑，也许我就不会在人海茫茫中迷失自己，从而做出铤而走险的事来。微笑是两人间最短的距离，这是我用即将到来的10年牢狱之灾换来的最为深刻的人生感悟……

● 礼貌谏言 ●

　　时刻保持你的微笑，就是用最直接的方式传递了友好的讯息。对待客人微笑，对待陌生人微笑，对老师和同学微笑……让自己始终以微笑的方式面对他人，你会发现，你生活在简单的快乐之中。这种快乐，就来自你本身的亲和力。

细节伤害

文/佚名

注意自己的一言一行，你很可能会在无意间伤害了一些不该伤害的人。

一位开出租车的朋友，将遗失在车上的钱包还给了失主。两万多元！许多人认为他傻，失主并不知道他的车牌号码，本来他可以将这钱昧下来的。而他却耽搁了几天的出车时间，去报社，到电视台，出招领启事。钱包递到失主手里，心，这时却真的凉了。他认为自己确实很傻。

失主打开钱包，将里面的钱数了三遍。"硬是当着众人的面数了三遍。"朋友委屈地说，"数一遍也就可以了，数了三遍，还拿着些钱对着阳光照照，我当时尴尬得无地自容，难道我会抽出几张或者换几张假币进去，那样我又何必去还？"

数三遍，也许是那人一种下意识的动作，是一种习惯。钱，通过三遍数得准确无误了，可是，动作附带的信息，相应地也传递到人的心里。每一个细节都有深长的意味和指向，每一个动作的背后都隐含着一种逻辑。将失而复得的钱，数上三遍，对于失主，也许就是习惯；而对捡钱的人，则可能是一种情感伤害。

母亲打电话给儿子。儿子接到电话就问"有事吗？"这已经成了他的习惯。母亲有些伤感，反问道："没事就不能打电话吗？你不打电话过来，是因为你忙；我打电话给你，还一定要因为什么事吗？"儿子瞠口结舌。

儿子怔怔地握着话筒，后悔了。他应该问问母亲生活得怎样，母亲身体可好，对于年迈的母亲，还有那么多的担心和牵挂，平时积蓄在心里，怎么一握话筒就忘了询问和表达呢？简单的一句"有事吗？"显然是将母亲的心深深地伤害了。

人们生活在大大小小的细节中，因为习惯，常常忽视了细节的暗含逻辑和给他人的感受。细节伤害像一把软刀子，一点点切割着现代社会人与人之间仅有的那点温情，直至真心灰冷，善行敛迹，美德遁形。往往，灾难未必能将人倾覆，而一个小小的细节，伤害至深，让人忧思难忘。

● **礼貌谏言** ●

很多时候，我们的坏习惯就像是一个毒药，慢慢地毒死了我们身边的真情。本来只是一些习惯，但是在不该出现时出现，就是一种不礼貌的行为。所以，在必要的时候，注意自己的一言一行，不让自己的言行伤害到别人，便是一种塑造自我礼貌形象的根本需要。

幽默的开场白
是最好的"名片"

文/孙桂芝

当你的开场白变成一则也可以愉悦视听的快乐之音，你会发现你正被更多的人记住。

幽默的开场白委婉风趣，笑中开场。一位母亲为孩子买了一件童衫，结果发现越洗越大，便去找商店老板评理。店老板满脸堆笑地说："我们店出售的童装，是能和孩子一起长大的，您若嫌孩子长得不快的话，可以退货"。店老板抓住了天下母亲的共同心理，又以"可以退货"作为承诺，用其幽默的话语，使这位母亲不知不觉中消除了心头的怒气，自然就不好意思再提退货之事了。

社交场合也有不少这样的例子。

在匈牙利召开的一次国防军事会议上，瑞典隆伯格斯·埃里克少将的开场白更是风趣诱人。他说："我们瑞典王国的祖先是海盗，在海上几乎和当时所有的国家都打过仗，一直打了300年，后来打累了上了岸，在斯堪的纳维亚半岛上找个地方建立了瑞典王国。记得我们只有一个国家没打过，那就是匈牙利（因为匈牙利不靠海）……"匈牙利军官们带头鼓起掌来，会场上响起了一片会意的笑声，在此情此景下无人去追究他是否"亵渎"了自己的祖国，也无人去考证他所说的是否是史实，人们被少将言辞的机智和友好所感染。在这里，幽默成为一个成熟军人睿智的象征，成为一种世界性的军营文化语言。在幽默的开场白中，军官们彼此情感的隔膜在消融，人际距离也大大缩短。

1996年暑假，我冒雨到外地一个函授点授课，没想到第二天雨下得更大了。当我撑着雨伞，从招待所奔到授课地点时，一推教室的门，迎接我的是几十双清澈而明亮的眼睛，同学们对我的到来报以热烈的掌声。我好激动，没顾得上抖落头发上的水，便健步走上讲台，向同学们鞠了一躬，开始了讲课："感谢同学们对我的欢迎。我是讲《公共关系学》的，但和老天爷的关系没处理好。瞧，他的态度一点也不欢迎我……"同学们对我的开场白又报以热烈的掌声。从中我深切地感到，幽默的开场白是缩短人际距离的一条捷径，它的作用使听众在轻松愉快的气氛中自觉不自觉地进入角色。

幽默的开场白可以为人们消除紧张、减轻压力、解脱窘境。大家在交往中把握好、运用好幽默的开场白这张"名片"，为建立良好的自我形象，为获得交际的成功打下基础。

● **礼貌谏言** ●⋯⋯⋯⋯⋯⋯⋯⋯⋯⋯⋯⋯⋯⋯⋯⋯⋯⋯⋯⋯⋯⋯⋯⋯

在公共场合，一场交谈的开场尤为重要，选择一个礼貌而具有特色的开场白，你会让获得最大的认可，自然可以让你的观点得到最大的认可。以幽默的方式博得大家的掌声和认可，是因为幽默让大家轻松、快乐，让大家能够以轻松的方式接受你传递的东西。同时，每个人都喜欢那些能够带来快乐的人，都喜欢愉快地生活。所以，幽默的你，必定可以获得一个好人缘。

只是因为

文/辛蒂·维斯

一个真诚的问候，便可以营造一个暖心的环境。

几年前，我在医院住了一个月。在我住院的那段时间，我的同事为我分担了所有的工作。他们不时来探望我，且送我花及卡片鼓励我早点康复。而当我出院回到公司上班时，更是受到他们热情的欢迎。当我复查时他们也依然很热心地帮助我。他们对我这么好，我决定要好好地谢谢他们，以表达我的感激。

一天中餐的时候，我拜会我最喜欢的花店老板并买了她摆在橱窗里的一束美丽的花。我要她帮我送给我住院时特别关照我的一位

同事，且在卡片上写着"只是因为"，却不署名，我也请求花店老板为我保守秘密。

当我精心安排的花送达时，我同事的脸上看起来容光焕发。那天下午办公室里更是显得兴奋异常，每个人都很好奇她的爱慕者是谁，而只有我独自在一旁暗自开心。隔天中餐时，我又安排送给另一位很和蔼可亲的同事一束花，并且一样只在卡片上留下"只是因为"几个字。而第三天，我继续如法炮制地送第三束花给另一位同事。

谁能想得到一束花所带来的魔力啊！我制造的迷雾让我的同事纷纷打电话向花店询问送花者是何许人也，他们都想知道那位不留名的爱慕者到底是何方神圣。但是，花店的老板是那么的贴心，没有透露半点口风。一种奇妙的气氛笼罩着办公室，整个部门的人都想尽办法想要解开谜底。我的同事每天都在猜今天谁会收到花，而且都会对那天的幸运者投以注意及羡慕的眼光。也因为送花竟能带给办公室这么多的温情及快乐，让我欲罢不能。偶尔间，我听到一位男同事说："男人不喜欢花——真庆幸我没有收到任何一束花。"

隔天，我的那位男同事便收到了一束同样写有"只是因为"的卡片及花，而当此事发生时，他的脸上因荣耀感而涨得鼓鼓的，他衬衫的扣子几乎都快被他撑破了。

送花的行为继续让办公室充满快乐的气氛。每一天同事都在等待着我安排送来的花，且挑选下一位收到"只是因为"卡片的接收者，而送花小姐也和他们一样，每天都很想知道下一位幸运者是谁。每天中午过后，我的同事都等着接花店打来的电话，通知他们谁是今天幸运的收花人。

随着弥漫在我们部门的欢乐及好奇也散播到了其他的部门时，喜悦满溢了我的心，因为"只是因为"所带来的喜悦，让所有的人都感受到了快乐和被爱，而这件事整整持续了3个礼拜。

最后一次的"只是因为"的花束被送到一个全体员工的会议上，我写上了对部门里的每一位同事的致谢，也揭发了那位只写"只是因为"的爱慕者的谜底。彼此关爱和关心的感觉一直在我们的部门发酵了好一阵子。我永远都不会忘记同事们收到"只是因为"花束和卡片的特殊礼物时脸上所泛的笑容，没有一件事能比得上他们回馈给我的和善与喜悦使我更感欣慰。

●礼貌谏言●

在彼此的关爱中，爱在生活中发酵，会越来越浓烈地散发着温暖。懂得用问候和礼物，送给别人对生活及未来美好憧憬，你获得的必将是和善的、快乐的回馈。

这样才算有礼貌

文/佚名

尊重对方的习惯才算是真正的有礼貌。

我跟随妈妈一起旅居意大利米兰，妈妈在一家证券公司上班，而我则进入了比可卡中学读书。

有一天放学后，妈妈兴奋地告诉我，有好几位意大利同事要来品尝中国菜。妈妈打开客厅里的电视，又摆上零食和水果，然后便进了厨房开始忙碌起来。我的功课也不多，就给妈妈做助手。母女俩齐动手，好不容易忙活了半桌菜，可是客人们却一个也没有来，妈妈皱着眉说："说好6点30分开饭的啊，现在都六点了，怎么还是一个人都没有来呢？"

我虽然还只是一个16岁的中学生，但交往礼仪多多少少还是懂一点的，例如我们要去某个亲朋好友家吃饭，一定要提前一些时间到，而且最好还要帮着主人一起洗洗菜端端盘子，这样才算是有礼貌啊！妈妈也觉得我的话有道理，她想了想说，不管怎么样，先把菜烧完吧。

因为厨具不太符合妈妈平时的习惯，所以烧菜的速度也慢了很多，一直到了6点40分，才算把一整桌菜烧好了，可直到这时仍旧没有一个客人来。妈妈掏出手机刚想打电话，门铃就在这时候响了，妈妈连忙去开门——第一位客人到了，其余的客人也在之后的几分钟内先后来到。虽然迟到了几分钟，但毕竟都来了，妈妈也就没有太"责怪"他们，于是大家开始津津有味地尝起了妈妈烧的中国菜。

本来，这事儿过去也就过去了，也没有其他什么特别深的印象或者感触，但前不久的一次经历，终于让我明白意大利人为什么要"迟到"了！

那天，妈妈的一位女同事从郊区的一个农场带回了许多新鲜蔬菜，就请了几位同事去她家分享，妈妈和我也受到了邀请。妈妈驾车接我放学后就去接也住在附近的另一位同事布兰登，准备和她一同前往。布兰登一听说现在就去那位同事家，说："不，到6点40分我们再去敲门吧。"

妈妈不解地问："说的是六点半，我们6点40分去不就是迟到了吗？我觉得我们应该提前一些去，到时可以陪她聊聊天，或者帮她做一些事情。"

布兰登听了妈妈的话后，惊讶地说："天哪！你不仅要早一点去，还要去帮她做事情？不，我们应该注意礼貌！"看我们一脸困惑的样子，她接着告诉我们，"在意大利，有人请你去家里吃饭，如果去早了，主人在忙着烧菜，你却坐在电视机前无所事事，这样会让对方觉得没有把你招待好；至于走进厨房去帮忙，那就更不行了，因为那样会让对方感觉到你对她的劳动有某些不满，所以你才会亲自动手做饭。因此，适当地迟到几分钟才是最好的礼貌！"

这时我和妈妈才意识到,原来"适时的迟到"在意大利是一种礼仪文化,虽然与我们传统的礼仪有些出入,但仔细想想,其实也是挺人性化的。妈妈开玩笑地对我说:"看来礼仪的表达方式还是有明显'国界'的啊。虽然如此,我们也需要适应并且融入其中,平时交往中只需要站在对方的立场多想一想,'国界'就自然化解了,千万不能再像上次一样在心里暗暗地责怪她们没有礼貌,回到国内也没有必要刻意学习或者模仿,毕竟我们也有我们传统礼仪的表达方式!

妈妈驾着车带着我们兜了一会儿风,直到6点38分才来到那位请客的同事家门口。那时,门前已经有好几位同事了。我知道,她们都是要等到6点40分才去按响门铃……

● 礼貌谏言 ●

在不同的国度,有着不同的礼仪。在交往中,我们要学会尊重对方的传统习惯。在了解了对方的礼仪之后,按照他们的习惯去对待他们,才算是真正的有礼貌,那样礼仪将不再有"国界"。

助人即是助己

文/佚名

如果当时桑迪没有帮助他人，那他现在会是怎样的一种情况呢？

20世纪60年代初，美国的哥伦比亚大学录取了一位名叫桑迪·格林伯格的学生。桑迪从小就是一个学习优秀的学生，由于他的家里很穷，他才报考了哥伦比亚大学，因为来这所大学可以享受到高一些的助学金。

在这里，他遇到了一位室友，也是因为家境贫寒，为了能得到助学金而来的。

在哥伦比亚大学念到二年级时，桑迪忽然患上了眼病，看东西越来越模糊，最后医院确诊为青光眼。麻烦的是，桑迪因为忙于学业，没有及时去医院看病，失去了最佳的治疗时机，结果导致他的一只眼睛彻底失明。桑迪几乎陷入了绝境，因为他再也不能看课本了，而这又是一所竞争性很强的学校，成绩不好无法毕业，而且很有可能会失去学业。

令人吃惊的是，桑迪告诉我，当他失去视力后，他的室友出于对他的同情，决定每天晚上给桑迪读课本。结果，桑迪在室友的帮助下以优异的成绩毕了业，并获得了福布赖特奖学金，之后又进入牛津大学深造。他的生活依然穷困，但有了这笔奖学金，他积攒下了500多美元，得以继续着他的学业。

与此同时，他的那位室友也考入了研究生学院。一天，桑迪在

牛津大学接到了他打来的电话，他的这位前室友对他说："桑迪，我很压抑，我真的不想念研究生了，我不喜欢这个专业。"

桑迪问他："那你打算怎么办呢？"室友告诉他："我真正热爱的是唱歌，我有一个高中时的朋友会弹吉他，我们两个想合作，在音乐界干一番事业。我们想出一张专辑，但需要500美元。"

桑迪说，他把自己所有的积蓄都寄给了他的这位室友。

桑迪的这位室友就是亚特·加芬克尔，和他合作的音乐家名叫保罗·西蒙。在桑迪那500美元的帮助下，他们两个在1966年发表了这张名叫《寂静之声》的歌曲专辑，同名单曲在美国音乐排行榜上连续获得冠军。

● 礼貌谏言 ●

成就别人也就是成就自己的道理。我们每个人在生活中都可能会遇到意想不到的挑战、阻力和困难。我们在面对这些困境时表现得怎样，在很大程度上取决于我们是如何对待他人的。

最没有教养的孩子

文/佚名

你的粗鲁和无礼，到头来只能是搬起石头砸自己的脚。

詹姆斯·塞尔顿被认为是村上最没有教养的孩子，因为他说话很粗鲁，因而，他在路上经常被人指责。

如果碰到衣着讲究的人，他就会说人家是花花公子；如果碰到穿着破烂的人，他就说人家是叫花子。

一天下午，他和同伴放学回家，刚好碰到一个陌生人从村子里经过。那人衣着朴素，但却非常整洁。他手里拿着一根细木棍，棍的另一端还有一些行李，头上戴着一顶大遮阳的帽子。

很快，詹姆斯打上了这个陌生人的主意。他向同伴挤了一下眼睛，说："看我怎么戏弄他。"他偷偷地走到那人背后，打掉他的大帽子就跑掉了。

那人转过身看了一下，还没等他开口说什么，詹姆斯就已经跑远了。那人捡起帽子戴上，继续赶路。詹姆斯用和上次一样的方法想要那个人，可是这次他被逮住了。

陌生人怔怔地看着詹姆斯的脸，詹姆斯却趁机挣脱了。一会儿他发现自己又安全了，就开始用石块砸那个陌生人。

当詹姆斯用石块把那人的头砸破后，他感到害怕了，便偷偷摸摸绕过田野，跑回了家。

当他快到家时，妹妹卡罗琳刚好出来碰到他。卡罗琳的手里拿着一条漂亮的金项链，还拿着一些新书。

卡罗琳激动地告诉詹姆斯，几年前离开他们的叔叔回来了，现在就住在他们家里，叔叔还给家里人买了许多漂亮的礼物。为了给哥哥和父亲一个惊喜，他把他的车停在了一里外的一家客栈。

卡罗琳还说，叔叔经过村庄时被几个坏孩子用石块砸伤了眼睛，不过母亲已经给他包扎上了。"你的脸看起来怎么这么苍白?"卡罗琳改变语气问詹姆斯。

詹姆斯告诉她没有什么事，就赶快跑回家，爬到自己楼上的房间，不一会儿，父亲叫他下来见叔叔。詹姆斯站在客厅门口，不敢进来。

母亲问："詹姆斯，你为什么不进来呢?你平常可没有这么害羞呀!看看这块表多漂亮，是你叔叔给你买的。"

詹姆斯羞愧极了，卡罗琳抓住他的手，把他拉到客厅。詹姆斯低着头，用双手捂着脸。

叔叔来到詹姆斯的身旁，亲切地把他的手拿开，说："詹姆斯，你不欢迎叔叔吗?"可是叔叔很快退了回来，说："哥哥，他是你的儿子吗?!他就是在街上砸我的那个坏小孩。"

善良的父亲和母亲知道了事情的原委，既惊讶又难过。虽然叔叔的伤口慢慢地好了，可是父亲却怎么也不让詹姆斯要那块金表，也不给他那些好看的书，虽然那些都是叔叔买给他的。

其他的兄弟姐妹都分到了礼物，詹姆斯只得看着他们快乐。他永远也不会忘记这次教训，终于改掉了粗鲁无礼的陋习。

● 礼貌谏言 ●

　　詹姆斯·塞尔顿是个典型的捣蛋鬼，在外人看来，这个孩子不但无礼，还很鲁莽。当他对陌生人投石子的时候，他丢弃的便是自己的尊严和他人奉献给他的爱。

　　尊重身边的每一个人，礼貌待人，热情而真诚地向陌生人表达你的友好，你会得到爱，得到祝福。

活动室

接人待物，就先从你待客作客的礼节开始吧。这里列几条给你，你自己也要多多总结，做一个懂礼貌的好孩子，要从细节入手哦。

1. 待客礼仪：

(1)客人来访，要事先有准备，把房间收拾整洁。要热情接待，帮助父母排座、递茶后可告辞离开，待父母送客时应与客人说"再见"。如父母不在家，要以主人身份接待客人。

(2)父母的朋友带小孩子来访，应同小孩一同玩，或给他讲故事，和他们一起听音乐、看电视。

(3)吃饭时，同学、朋友来访，应主动邀其一起用餐，如果客人申明吃过，先安排朋友就坐，找些书报或杂志给他看后再接着吃饭。

2. 做客礼仪

(1)去亲友家做客要仪表整洁，尽可能带些小礼品，以表示对主人的尊重。

(2)在亲友家，不能大声大气说话，要谈吐文明。

(3)不经主人允许，不可随意动用主人家里的东西，即便是至亲好友也应先打招呼，征得主人同意后才能动用。

以上这些待客做客礼仪你是否早就已经知道了，你是不是也做的很好呢？或许也出现了一些小差错。写出一件你待客或是做客的尴尬经历，你是怎么样化解尴尬的，让大家也跟你来学习一下吧！

公共礼节

静谧中的礼仪 ●

　　当别人伸出友好的双手时，你热情地握住了；在别人与你并肩前行时，你稍停一停，路变得宽敞了；当一位女士正要进门，你的绅士风度让你打开了门；当一罐可乐欢畅地滑入你的口中，你让那个可乐罐安心地躺在了"可回收"垃圾箱里……这些细节告诉我，你是一个遵守公共礼节的人，在生活中，这样的一个个"你"，让这个社会因秩序而规范，因爱而柔软。

不摘的柿子

文/钱文学

自觉地营造和谐的环境，也是一种社会公德。

韩国北部的乡村公路边有很多柿子园。金秋时节来这里，随处可见农民采摘柿子的忙碌身影。但是，整个采摘过程结束后，有些熟透的柿子也不会被摘下来。这些留在树上的柿子，成为一道特有的风景线。一些游人在经过这里时，都会说，这些柿子又大又红，不摘岂不可惜？但是当地果农则说，它们是留给喜鹊的食物。

任何人都会这样认为，果农用柿子喂喜鹊，真是太傻了！

这时，车上的导游给大家讲了这样一个故事。这里是喜鹊的栖息地，每到冬天，喜鹊们都在果树上筑巢过冬。有一年冬天，天特别冷，下了很大的雪，几百只找不到食物的喜鹊一夜之间都被冻死了。第二年春天，柿子树重新吐绿发芽，开花结果了。但就是在这时，一种不知名的毛虫突然泛滥成灾。柿子刚刚长到指甲大小，就都被毛虫吃光了。那年秋天，这些果园没有收获到一个柿子。直到这时，人们才想起了那些喜鹊，如果有喜鹊在，就不会发生虫灾了。从那以后，每年秋天收获柿子时，人们都会留下一些柿子，留在树上的柿子吸引了很多喜鹊过冬，喜鹊仿佛也会感恩，春天也不飞走，整天忙着捕捉果树上的虫子，从而保证了这一年柿子的丰收。

在收获的季节里，别忘了留一些柿子在树上。因为，给别人留有余地，往往就是给自己留下了一线生机与希望。

● **礼貌谏言** ●

在韩国北部的这个小镇，人们用自己对自然的认知，维护着人和动物，人和自然的和谐。让自己生活在一个清新美好的自然环境中，就需要你在平时的生活中，处处维护自己的环境。韩国人给喜鹊留下柿子，是一种公德心。你能够不乱扔垃圾，爱护身边的花草树木，爱护那些小动物，也是一种有公德心的表现。

在人与环境的关系中，人必须有意识地多给其他生物留下生存的空间，否则人将失去赖以生存的一切。

不要伤了好人的心

文/祝洪林

一颗善良的心，需要我们用爱和感恩去呵护。

故事发生在加拿大魁北克省的一个小城。

一个风雪飘飞的傍晚，鲁尼兹小心翼翼地驾车赶往医院，看望因高烧住院的儿子。车开出不远，鲁尼兹便看到在前边不远处，有一个蹒跚的身影在晃动。鲁尼兹想都没想，就把车子缓缓地停在那个身影旁边。"请问，需要我的帮助吗？"他探出头大声问道。上车的是一位老者，说前面不远处的农场就是自己的家，上午出来办事，没有想到回来时，公共汽车因雪大停运了，他只好徒步走回去。

主动搭载与人方便对鲁尼兹来说是再寻常不过的一件事了，可他没有想到这一次的善举却非比寻常。

车在一个长长的斜坡上滑行，迎面有一辆轿车摇摇晃晃地驶了过来。为避让来车鲁尼兹下意识地踩了刹车，然而，竟想不到的事情发生了，因急刹车和雪地打滑，整个车身不听使唤，向路边一棵大树撞去……

等鲁尼兹醒来，他已经躺在医院里，所幸，他只是断了两根肋骨，而搭车老人做了开颅手术，还在昏迷中。老人的家人来到病房，很友好地握了握鲁尼兹的手，感谢他对老人的帮助。即便如此，老人的家人请来的律师还是如期而至。按照当地的法律，鲁尼

兹要为自己的过失负责，承担老人百分之七十的医疗费。

老人在昏睡了20多天后奇迹般地醒过来了。谁也没有想到，老人清醒后说的第一句话竟是："要感恩，不要赔偿，善意都是美好的，不要伤了好人的心。"老人的肺腑之言在人们心里引起了共鸣。小城被感动了，人们纷纷走上街头，打着"让善意不再尴尬"、"拯救爱心"的条幅，为仁慈的老人募捐。一时间，爱心像空中飘飞的雪花纷至沓来，收到的善款之多，超出了人们的想像。更令人钦佩的是，老人把这些善款全部捐出来，成立了"爱心救助基金"，专门用来帮助那些因爱而遭遇尴尬的好心人。

多少年过去了，老人早已离开人世，但以老人名字命名的基金却像雪球一样越滚越多。在魁北克省举行的"最受爱戴的人们"评选活动中，人们纷纷写上老人的名字——卢森斯。人们这样评价老人：爱原本就是喜悦的关怀和无求的付出，当爱心遭遇法律的碰撞，善意被扭曲时，是老人还原了善意的本来模样，让人们可以毫无戒备地去爱，再没有什么比生活在和谐有情的社会更能让人愉悦和欢欣的了。

每一颗爱心都是真诚的，都应该得到尊重和赞赏；每一个善意都是美丽的，都应该馥郁芬芳。

● 礼貌谏言 ●

对于搭车的老人来说，司机的善良让他感到温暖，所以在任何时候，他都不会去伤害一个曾经给他温暖的心灵。这就是你在生活中，能够做善良人的原因所在。

我们将社会公德心放在课本中去学，其实我们只要一直心存善念，时刻告诉自己，当别人伸出求助的手时，不要冷漠的回绝，而是热情的帮助，你就会获得一个美丽的称呼，叫做好人。

爆炸即将发生

文/吕丽妮

见义勇为的人，被称之为英雄，实际上，他们只是生活中那些富有社会责任感的人。

一辆出租车撞在路边的护栏上，变形着火了。兄弟俩出门办事时正好目睹了这一幕，俩人飞跑过去时，火正从副驾驶位烧向后排座位，司机已经不省人事。

兄弟俩没有片刻犹豫，齐声喊着号子，想使劲拉开车门，但车门却纹丝未动，两个人又想从车窗里把司机拉出来，可被卡住的司机却怎么也拉不出来。正当他们以为司机已经没救准备离开时，司机却突然开了腔："哥们儿，谢谢你们……车子可能马上就会爆炸，你们就别管我了，快走吧！"话刚说完，头就又歪向了一边。

司机还能说话，兄弟俩怎么能丢下不管？俩人一齐安慰道："大哥，你忍着点儿，我们一定把你救出来。"火势越来越大，车身发烫，车里浓烟弥漫，随时有爆炸的可能。哥哥感觉情况不妙，要弟弟先走。但弟弟没理哥哥，他知道哥哥的脾性，如果司机没救出来，他绝不会半途而废。弟弟本想叫哥哥离开，但时间又不允许他推让！于是，弟弟抢先一步爬进了驾驶室。弟弟爬进去的那一刻，哥哥非常自责自己没有抢在弟弟之前钻进车里。但现在，他只能在车下一边喊住路人不要靠近，一边配合弟弟……

火苗就要接近油箱了……这时，哥儿俩感觉身边突然又多了一双手，一个年轻人没有听从旁人的警告，也加入进来了。绝望的哥儿俩心里重新泛起了希望，手上也就更有劲儿了！

一分钟，两分钟……三个年轻人终于将司机拖出了车厢。他们把司机架到人行道上，还没来得及喘口气，身后就响起了爆炸声！等三人回头看时，身后已是碎屑四起、火烟滚滚……这时，他们在人行道上还没站够10秒钟！

惊心动魄的救人过程只有不到10分钟，而意味深长的是事后人们对他们的追问。

有人问后来加入的年轻人："哥儿俩叫路人不要靠近，你为什么这么勇敢？"年轻人答："哥儿俩身处危险中，却叫我们不要靠近，你说我能听他们的，眼瞅着不帮上一把吗？"

有人问哥哥："火快烧到油箱了，没想过要跑吗？"哥哥答："司机和我弟弟都在车里头，我能跑吗？"

有人问弟弟："你哥让你走，你为什么不走呢？"弟弟答："车上一个大活人，我哥也没走，我能迈得动脚吗？"

有人问的士司机："你苏醒过来后，说的不是救救我。你知道自己说了什么吗？"司机说："知道。感觉到有人在救我时，我很感动，心想着死前一定要向救我的人表达谢意，一定要提醒他们汽车会爆炸，让他们早点远离……"

● 礼貌谏言 ●

具有社会公德心，除了表现在你平时的一些小事上，还表现在你能够在关键的时刻挺身而出，维护社会的正义和公平。救人的兄弟俩冒死救助司机，是源自于他们内心的善良，更是他们具有社会责任感的表现。

别不相信
微笑可以救你的命

文/曾颖

微笑着面对他人，将座位让给一位受伤的人……这是善良，更是基本的礼仪。

从火热的公交站跨上空调车的那一瞬，胥富感觉一股森森的凉气，这些凉气，来自汽车上方的通风管道，也来自车上乘客们的眼睛。

照说胥富是不该上这辆空调车的，因为这车的票价比别的公交车贵出一元钱。那一元钱，可以买将近两斤糙米再加几钱盐巴，足以够他吃上一天。

但今天，他决定要上而且坚决地要上，因为他今天要做一件大事情，他觉得自己这辈子很难得做一次大事情，总应该选一辆对得起这件大事的漂亮车才行。于是，他选了一辆最新最漂亮的空调汽车。为此，他在车站上足足多晒了10分钟。

售票员卖完票后，很不耐烦地说："往后站往后站！"

胥富不知道是自己身上的

旧工作服还是自己被太阳晒得泛着黑色油光的脸惹他不舒服了。他恨恨然地咬咬牙，但想着他即将要做的大事，他又忍住了，只下意识地捂紧身上的黄挎包。

这时，身后一个脆脆的声音喊："叔叔。"

胥富没理睬，这个城市里没人会这样喊他。

"叔叔！"又一声，也是脆脆的。

胥富回头，一个大约10岁的小女孩正冲自己笑。

"你的脚上有伤，来坐吧！"小女孩发出邀请。

胥富仔细看看小女孩的眼睛，那清澈的眼睛里没半分奸滑，他又看看小女孩让出的半个位子，那上面也没有口水或泡泡糖之类的东西。

小女孩指指自己的脚，说："我的脚也有伤，只能让你半个位子了。"

胥富看着她的脸，禁不住想哭。但一个大男人在公交车上在一个小女孩面前哭实在是不光彩的事，于是，他咬住牙，对女孩说："叔不累，你坐。"

"可你的伤口还在化脓啊，你来坐吧！"

女孩伸手拉他，她的手嫩嫩的，胖胖的。这使他想起自己女儿的手，细细的，黑黑的。一晃已经三年没看到她了，不知她是不是胖了一些。

他坐下。周围有人开始捂鼻子。女孩问："叔叔，你的腿是怎么受伤的？"

"钢筋扎的，在工地上。"

"我的伤是滑滑板摔的。对了，你怎么没医？"

"没钱，包工头已经八个月没发工资了。他跑了。"

"那……你就这么拖着？"

"不，我涂了药的，你看，那黄的就是，壁虎酒，可管用了，我们伤风感冒蚊虫叮咬都用它。"

"可是已经化脓了。"

"哦……那是脓吗？"

小女孩努力挤了挤身子，从背后把书包拎过来，取出两盒药，说："这个送给你吧，我的伤快好了，我不想吃了。喏，再给你半瓶水，你别嫌我喝过，你快把药吃了吧，很快就不疼了。"

小女孩像个小老太太，在胥富眼里一片迷蒙地唠叨着。胥富吃过药，只觉得心里凉乎乎的。

这时，车到站了，女孩说："叔叔，我要下车了，您走好。我妈妈说，无论是什么伤，都会好起来的，您保重。"胥富点头，泪如雨下。

小女孩一瘸一拐下了车，车开了，胥富盯着她的身影消失在人群中，把手中的黄挎包抱得更紧。

车又静静地朝前开。

世界依旧在静静地运行着。

小女孩永远都不知道，胥富的黄挎包里装着3公斤炸药和7只雷管。她更不知道的是，因为她的几句胥富久未听过的亲切话语，使胥富放弃了干一件惊天大事的冲动。

胥富想干的大事就是让一辆最漂亮的空调车与自己一起在城市最热闹的地方化为灰烬。

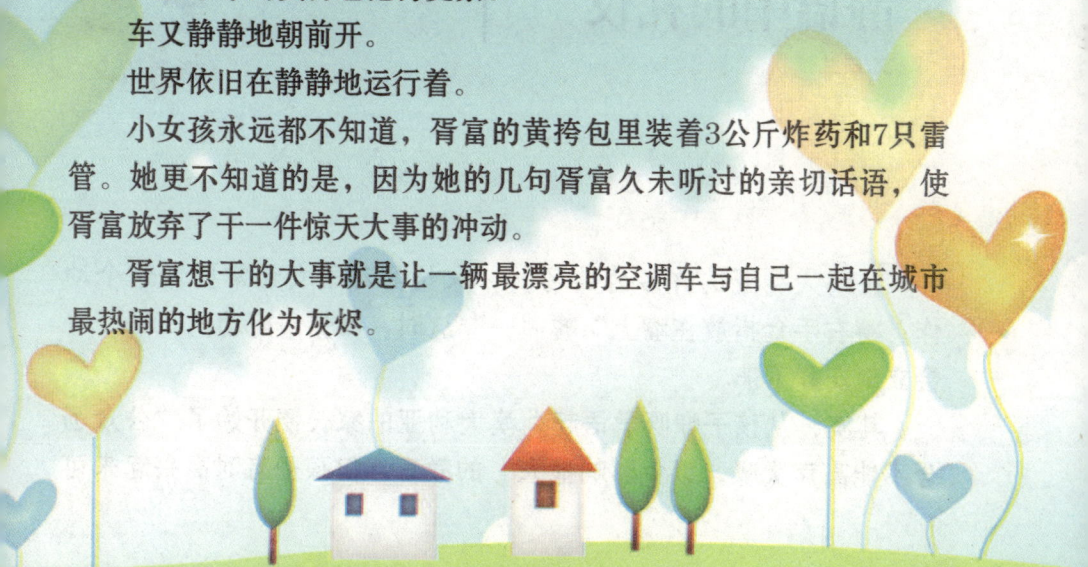

小女孩的笑容，是她善良的内心绽放在脸上的花朵，也是她良好的修养展现在外的礼仪。对于一个带着伤的叔叔，小女孩用自己的行动，感化了这个想报复社会的人，同时也应该教育我们。

在生活中，受到很多固有思想的影响，我们会带着有色眼镜来看人，很多时候我们的礼貌也只愿意奉献给那些看似斯文有修养的人。但对人的基本尊重，你本身的善良，又怎能因人而异呢？

静谧中的礼仪

文/白兰

还给世界一片安宁，也许要我们的内在修养。

在澳大利亚的许多公共场所，家长们对子女经常要做这个动作：将右手食指放在嘴上"嘘……"这时，哪怕最好动的孩子，也会立刻安静下来。

其实，从孩子咿呀学语起，澳大利亚的家长便开始了"公众场合不能高声大噪，以免影响他人"的教育。但孩子有时高兴起来可能忘记这一训诫，这时，家长的提醒就显得十分必要。有一次，我到华人聚居区的坎布斯图书馆正翻看《小熊维尼》画册，一位金发碧眼的小男孩趋前对我说了一句话，声音小得近乎耳语，我听了两遍也没明白。"这本书您看后请交给我。"也许是他重复时稍稍提高了嗓门，他的妈妈便做了一个"嘘……"的表示，男孩当即缄口，改用手势，直到我明白为止。

这种场景在澳大利亚随处可见。记得刚刚落户悉尼郊外贝尔蒙镇的一幢双层公寓楼时，由于还没进入"异国他乡"的特定角色，进进出出仍像在国内时那样爱哼唱。那日，正哼着《铃儿响叮当》走下楼梯，却见楼下的英裔老太太惊异地从屋里探出头来，随即，她腋下又钻出两个好奇的小女孩，这时，我方才醒悟："吵着邻居了。"马上掐断了歌声。

难怪老太太莫名惊诧，虽是近邻，但平日里，我们绝对听不到她那两个活泼可爱的孙女高声说话（当然也包括她），除在草坪上追逐玩耍时"放声"外，其余时间竟如"人间蒸发"似地悄无声息。据老太太说，为使孙女养成良好习惯，她把英国伊丽莎白女王致孙女的"行为礼仪"张贴在自家墙上，要求两个孩子参照执行。这些条款多达32项，但印象最深的，还是有关"声音"的规范，比如"就餐时，咀嚼食物尽可能闭合嘴，不发出大的声响，不高声说笑，不可嘴里塞满食物同时说话"等等。

如此的家教影响，使"公共场所高声说话会侵犯他人权益"的观念，逐渐融入孩子们的血液，即使他们单

独外出，也能自觉控制声响。某日我们在"麦当劳"就餐，只见一群孩子正举行生日聚会。温馨的祝福，美丽的蛋糕，摇曳的烛光，尖尖的生日礼帽，花朵般绽放的笑脸，都给人以强烈的视觉冲击。但有趣的是，联欢会没有"响"声，孩子们用手势和眼神"交谈"着，还不时以水代酒碰杯祝贺，偌大的餐桌上竟听不到什么声音，如果不是服务小姐邀请在场的顾客与他们同唱生日歌，祝贺"小寿星"的生日，你会误以为这是一群"聋哑"孩子呢。

由于成年人的言传身教，孩子们一旦被噪音"侵扰"，也知道自我保护。年初，我们那条街搬来一户韩国人，为庆祝乔迁之喜，他们在自家花园里举办了一次盛大的露天聚会，远近的韩国侨民带着礼物前来道贺。主人殷勤，客人高兴，大家在屋后的大草坪上载歌载舞，喝酒聊天，气氛热烈得就像开了锅的水。谁知晚上10时刚过，便听到尖厉的警笛声由远而近，韩国人因"噪声污染"影响左邻右舍的正常生活，被带到警署罚款，并写下保证书后才被放回。事后得知，原来是韩国人的小邻居、12岁的孩子查理报的案："我明天清早还要上学，你侵犯了我的休息时间，我不能不管!"

"嘘……"虽然只是一个小动作，却折射出澳大利亚人在公众场合不干扰他人的家教理念，从大的方面说，它有利于社会生活的有序进行，从小的方面看，它是孩子们成

长历程中的道德教化。尽管"国与国不同，花有几样红"，但我们的家长们是否也可以学学这种方法，以养成孩子们在公众场合不干扰他人的良好习惯。

● **礼貌谏言** ●

在澳大利亚，人们把保持安静，不去打扰别人的生活作为一种基本的公共礼仪在遵守，他们在孩子们的成长过程中，就教育他们要懂得为别人着想，在行为礼仪上甚至做到了吹毛求疵。但就是这种关注到每一个细节的礼貌，赢得了一个安静的世界。

坚守秩序

文/佚名

维护你生活环境的基本秩序，就是在用自己的礼貌点缀了社会的和谐。

四年的日本生活到底给我留下了一些什么呢？回国一年多了，很多次都被身边的朋友问到这样的问题。

记得是我到日本刚好一年的时候，为了纪念这个特别的日子，一位日本朋友特意陪我去东京迪斯尼乐园游玩，我们上午乘坐新干线驶进了东京地铁站，便被告知迪斯尼乐园的门票中午以前的部分已经停售，要等到下午3点钟才重新开始售票。下午3点钟，到了那时一看，天哪！黑压压的人群，共有8个窗口售票，每个窗口前都是一条看不到头的长龙，至少有三四百人之多，我一颗激动的心顿时降到了冰点。可那位日本朋友却说："大家都是难得有机会来一次，没关系，慢慢排队吧！"就这样，我们跟随着队伍一步一步地移动着。

半个小时，一个小时过去了，天色渐渐暗了，突然刮起了大风，天空中也飘起了蒙蒙细雨，我的脚也站得酸痛了，穿着一件毛衣在风中颤抖，可8个窗口的售票依然秩序井然地进行着。的确，也许几十个人、一百多个人遵守秩序不足为奇。可是，当我置身于这个偌大的售票广场，有着8条长龙一般的人流，几千人一起排队等候购买门票，天已经黑了，有的人冷得瑟瑟发抖，可是你听不到大声的喧哗。这次排队的经历，令我终生难忘，在一个以遵守秩序为准则的国家里，每一个普通人在任何情况下，他们都表现得从容不迫，坚守秩序，这对于他们来说就是一种自然！

在日本，我最喜欢喝的牛奶是"雪印"，它是战后重建的一家乳品公司，经过几十年不懈努力，它一度在乳品市场上独领风骚。可是，如此规模的一家公司，却因为一次大阪中毒事件而导致整个公司的倒闭，董事长在镜头前向世人谢罪。电视上，雪印公司一位负责销售的部长面对镜头痛哭流涕，他说，在这家公司奋斗了二十几年，以前一家人都以他为骄傲，可现在因为他的关系，太太不敢出门见客，只好每天躲在家里，这一切都是谁的错啊！在经济领域里，也必须遵守这样的秩序，始终坚持以最优秀的产品来面对消费者。否则，即使像"雪印"这样傲然一世的公司也会在一夜之间轰

然倒塌。在一个拥有良好秩序的环境里，每一家企业都有希望得到发展壮大，你按照市场秩序的要求来约束自己，那么市场也会为你提供一个更大的发展空间，但是，一旦你违背这个市场秩序，以劣充好，以假当真，市场也会以同样的方式回报你。

在日本几年的生活中，还有一件小事让我常常想起。每次我打完工回家，总是去赶零点零三分最后一班地铁回家，当我疲惫不堪地走出地铁口的时候，那里的工作人员总是站在那里，非常诚恳地给你道上一声"晚安"，已是深夜了，在没有外界监督的情况下，他说与不说也许是没有人知道的。这种工作态度依靠的又是一种什么力量呢？社会需要一种秩序来固守，我们的伦理道德也需要一种秩序来维持，而这并不是全部依靠法律所能解决的。

所以，日本给我留下的是这样的信念：当我们每个人都发自内心地愿意遵守生活秩序的时候，我们的环境会变得更干净；我们人与人之间相处会更体贴、更和谐。

● **礼貌谏言** ●

任何一个公共场所，都有他固有的公共秩序，能够自觉地遵守公共秩序，不但是对他人的尊重，也是对自己的尊重。在日本，人们排着长队买票、人们遵守秩序，即使是最后一班地铁，服务人员也坚持着自己的工作秩序。这种自觉的行为，不但打动了作者，更值得我们反思自己。

良知的砝码

文/李丹崖

人生存在这个社会中，需要用自己的良知把握自己生活的航向。

故事发生在美国加州郊区的一个小镇上，那天，街道上静极了，盛夏的烈日炙烤着大地，没有一丝风。空气仿佛凝滞了一般，甚至就连柏油马路上也发出吱吱的熔化声，几个卖水果的小贩也懒得吆喝，此刻，已经是下午两点多了，很少会有谁来光顾。

半天不见人影，突然，马路对面终于出现了一个八九岁的男孩。他一边跑，一边摇动着手里的10元钞票开心地呼喊着："阿姨，买几个香梨！"男孩眼睛直直地盯着对面水果摊上的一大堆金黄的梨子，径直朝水果摊奔来，谁也没有想到，就在这个时候，悲

剧发生了——一辆疾驰而来的红色轿车突然闯进了这条街道，随着一声惨叫，男孩的身体倒在了血泊之中。

在场的所有人都惊呆了，这条街道是明令禁止车辆通过的，那辆红色轿车竟然明目张胆地闯了过来，即使造成了事故，竟连速度都没有减，溜之大吉，仿佛根本没有发生过什么！

男孩的父母闻讯赶来，急忙把孩子送到了医院，但是，终因伤到了脑部，一个八九岁的孩子就这样无辜地离开了人世。孩子在临死前唯一跟父母说的话就是4个字——红色轿车!

谁都知道红色轿车的主人，他们是这条街道上最富有的杰克兄弟，他们拥有整个镇子上唯一的一辆红色轿车。男孩的父母一纸诉状把杰克兄弟告上了法庭，但是，兄弟二人却对这件事矢口否认，警察走访了卖水果的目击者，他们却都说，速度太快，没有看清是什么车。

男孩一家来自得克萨斯州，是这个镇子上的暂住居民，镇子上所有的家庭都与肇事者杰克兄弟有着不远不近的亲戚关系，再加上，他们兄弟有些势力，所以，没有一人敢出来仗义执言。为了不让自己的孩子不明不白地死去，男孩的父母挨家挨户地登门下跪，希望有人能出来为自己作证，但是，人们都不约而同地关上了大门。

男孩父母的第一次上诉以失败而告终，他们不服此判决，提出继续上诉。第二次开庭在半月后，如果男孩父母再找不到证人，他们的孩子就只能永远沉冤。夫妻二人没有办法，就在孩子离开的地方，沿街摆了一块石板，一跪就是一整天，他们希望能用自己的痛苦来唤回全镇人的良知。

但是，10天过去了，全镇的所有人都无动于衷。等到第15天，发疯似的夫妻俩竟然把石板挪到了杰克兄弟家门前。由于天气炎热，他们下跪的膝盖上已经化脓，并开始溃烂。杰克兄弟看到眼前的一幕立即惊呆了，哥哥寒心地皱起了眉头，弟弟则号啕大哭着跑回了房间，然后不顾哥哥的反对拨通了警察局的电话，他自首了！

对于杰克兄弟的自首，许多人都表示震惊，因为只要他们再坚持一天，就可以逍遥法外了，但是竟然在这个关键时刻，他们招架不住了！法庭上，杰克兄弟含着热泪，说出了他们自首的原因。原来，杰克兄弟早年丧父，家境一贫如洗，是母亲一人把他们拉扯大的。当弟弟长到8岁大的时候，突然患上了一种奇怪的病，病发时全身高烧，这年冬天的一个大雪纷飞的午后，弟弟再次发病，家里实在凑不出给弟弟看病的钱，由于到处赊账，镇上没有一个医生愿意出诊，母亲竟然在这样的天气里，在医生门前足足跪了一个下午，

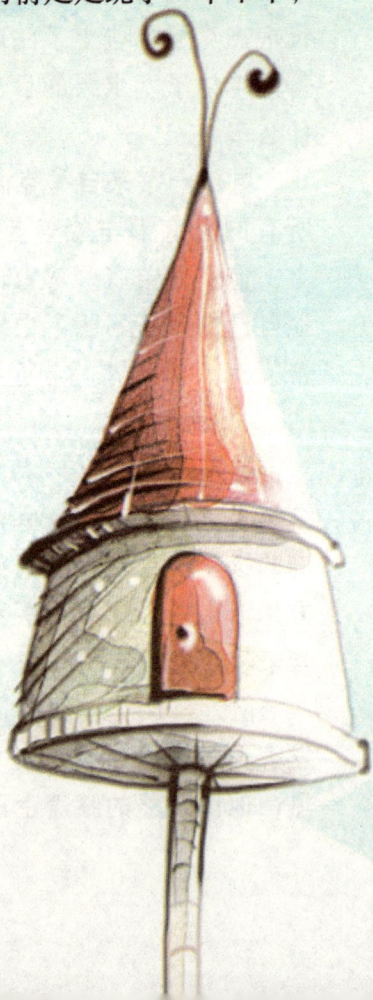

直到打动了医生。后来，弟弟的病逐渐好了，而母亲的膝盖一遇阴雨天都会钻心地疼痛，到死也没有治愈。当他们看到遇害男孩的父母双膝溃烂时，再想想自己的母亲，终于忍受不了良心的拷问，罪恶的防线崩溃了！

　　后来，整个镇子上的人共同凑钱，给遇害的男孩建了一座碑，碑上铭文：在这个世界上，有这样一种指南针，它的一端指着善，而另一端便是恶。当我们无法离开恶而赴向善的时候，我们就会失去它，从而因迷失方向跌入罪恶的深渊！我们是一群曾经在深渊里无法自拔的人。幸亏是你用一条年轻的生命，还有两位母亲和一位父亲用6块膝盖帮我们找到了宝贵的指南针，这个指南针的名字就叫做良心！

　　碑文的落款是全镇人的名字！

● 礼貌谏言 ●·······························

　　对于撞死了男孩的杰克兄弟，他们为自己犯下的错误，备受良心的谴责，幸好，他们能够被男孩的父母所感化，承认了自己的罪行。从小具有一定的社会责任，则是我们能够在社会上立足的首要条件。

门的悬念

文/张丽钧

当人得到尊重和爱时，便会自然而然地变得文明礼貌。

学校大厅的门被踢破了。

——可怜的门，自打安上那天起，几乎就没有一天不挨踢。

十五六岁的少年，正是撒欢儿尥蹶子的年龄。用脚开门，用脚关门，早成了不足为奇的大众行为。学校教导员为此伤透了脑筋，他曾在门上张贴过五花八门的警示语，什么"足下留情"、"我是门，我也怕痛"，诸如此类。可是，不顶用。

大厅门破的那一天，教导员找到校长：干脆，换成大铁门——他们脚上不是长着"牙"吗？那就让他们去

"啃"那铁家伙吧!

校长笑了，说，放心吧，我已经订做了最坚固的门。很快，旧门被拆下来，新门被装上去。

新装的大门似乎挺带"人缘"，装上以后居然没有挨过一次踢。孩子们走到门口，总是不由自主地放慢脚步。阳光随着门扉旋转，灿灿的金子洒了少年一身一脸。穿越的时刻，少年的心感到了爱与被爱的欣喜。

这道门怎能不坚固——它捧出一份足金的信任，它把一个易碎的梦大胆交到孩子们手中，让他们在美丽的忧惧中学会了珍惜与呵护。

● 礼貌谏言 ●

校长的新门，没有什么特别之处，只是它让温暖的阳光能够折射到每一孩子的身上，这种被爱、被温暖的感觉，让那些调皮的少年放弃了自己的恶作剧，变得文明起来。只要懂得尊重，就可以获得礼貌的对待。

生活中，那些别人为冥顽不化的"坏人"、"粗鲁的人"，有些时候是因为缺少我们的尊重和爱戴，他们才会对自己自暴自弃，只要多给他们一些尊严，他们也会变得很文明。

善意的最佳形式 ▐

文/腾淑敏

在公共场合，提供力所能及的帮助，是一种礼貌，更是一种善良。

那一次下班，我买了一大堆东西，然后坐小巴回家。上了车才发现到处是人，我站在门口，两只手上是大口袋，提着特别重。一路坐回去要近半个小时，想想我都发怵。向上看看放行李的格子，满了，再看看坐着的人，我心想，唉，这个理由让别人让座，太勉强了。

这个时候，坐在靠近车门的一个女人说，把东西给我吧！我一愣，心里犯嘀咕，她要做什么，怎么要我东西？

她看出我的不安，一笑后说，没什么的，别误会啊！我的意思是，你把东西先放我腿上，下车再提，这样你就不累了。而且，放腿上我也不觉得很重。

我有点尴尬，把东西放上去，有点脸红地说："谢谢你啊。"她还是一笑，说："有时候就是这样，请别人放一下，大家都方便。"

虽然没人让座，但其实不用让座，我手上轻了，站着完全不觉得累。而她也不用让座，自己一路坐着，不费什么力气就帮到我。我的口袋也不会跟着车而晃动，不会磕磕碰碰撞到人。两全其美，都不用彻底牺牲自己的利益。很多事情其实也是这样，找到平衡点，大家都好。

这可真好，好心加上一点聪明的平衡，就是善意的最佳形式。

● 礼貌谏言 ●

对于提重物的作者来说，她需要一个行李架或是座位，这是一个人的正常需要，每一个坐车的人都可能会有这种需求。而主动提出帮助的女人，不但让提重物的作者手上轻了，自己还没有费多大的力气。这种既做到了基本的公共礼节，又让自己不必太累，这就是一种智慧。

我们在礼貌待人的时候，也懂得用聪明的方式表达善意，岂不是两全其美的办法。

活动室

公共礼节，是一个人在社会中应该具备的基本修养，首先，我们必须尊重公德。你知道更多关于公德的事例吗？把它记述下来。如果你真正理解了公德，那么你所写的文章将会是一篇了不起的文章，不妨试一试吧！

_____

_____

_____

_____

_____

律己修身

改变生命的微笑 ●

"修身、齐家、治国、平天下"，一个人做任何大事的开端，都是让自身更完美。而完美的方式，就是律己。

如果你能更大度些，你的原谅可以让你拥有更多朋友；

如果你能更快乐些，你的笑声会感染每一个你爱的人；

如果你能更善良些，你的爱会浇灌出幸福的花朵；

……

不能打开的心锁

文/杨建

坚守自己做人的基本准则，是你一个人能够安心生活的根本。

我所居住的小城里，有一个号称"锁王"的人，名气妇孺皆知。

锁王先前也只是一个修锁的小摊主，经过多年对锁的揣摩，练出一手开锁的绝活，不管什么锁，到了他手里都能打开。因此，生意天天不断。后来他就凭着积累开了一间锁店，几年后又开办了一家锁厂，从锁王变成了企业家。

修锁配钥匙的很多，但从一个锁匠到锁厂老板却不多见。像他这样一个能自如"进出"别人家门的人，人们多少会对他避防几分，可他却凭借这一绝活赢得人们的信任，赢得了巨大的财富。他身上因此也被镀上了一层神秘的光环，我因此也就很想去见识见识他。巧的是，前几天我也丢了钥匙，面对门上那把结构复杂的防盗锁，我束手无策，立马就想到了锁王。一个电话过去，锁王不费吹灰之力，就帮我打开了多功能防盗门。

感激之余，我请他进门喝口茶，锁王摆摆手说："只管开锁不进客人家门，是我做活的座右铭。"听此话我越发来了兴趣，就站在门口与他聊了起来，话题自然而然地就转到了他从锁匠到锁厂老板的秘笈上。锁王没有正面回答，却给我讲这么一个故事：

有个老锁匠一生修锁无数，技艺高超，为人正直。老锁匠老了，为了不让绝技失传，他物色了两个徒弟。一段时间以后，两个年轻人都学会了不少东西，老锁匠决定对他们进行一次考试。他准备了两个保险柜，分别放在两个房间，让两个徒弟去打开。结果大徒弟只用了不到十分钟就打开了保险柜，而二徒弟却用了半个小时。众人都为大徒弟的高超技艺喝彩。老锁匠问大徒弟："保险柜里有什么？"大徒弟眼中放出了光彩："师傅，里面有很多钱，全是百元大钞。"问二徒弟同样的问题时，二徒弟支吾了半天说："师傅，我没有看见里面有什么，您只让我打开锁。"老锁匠十分高兴，郑重地宣布二徒弟为他的接班人。大徒弟不服，众人不解，老锁匠微微一笑说："不管干什么行业都要讲一个信字，尤其是我们这一行，必须做到心中只有锁而无其他，对钱财视而不见，心中要有一把不能打开的锁。"

锁王虽然没道出他成功的秘笈，但那句"心中要有一把不能打开的锁"，就是他从锁匠到锁王、从锁王到锁厂老板的全部法宝。

● 礼貌谏言 ●

　　锁王之所以能够成功，能够得到比别人的信任，就是他坚守自己职业操守，这种严于律己的精神，让我们有理由相信锁王所造的每一把锁，都是牢固的，且是没有被用来侵犯他人的。无论是对待自己的职业，还是对待自己的生活，都应该有将自己不可逾越的那道鸿沟牢牢记在心上。用自己律己的方式获得别人的认可和信任，才是你最长久的幸福和安宁。

成全尊严

文/佚名

真正的帮助一个人，就是让他能够尊严地活着。

　　随一个旅行团去郊外旅游。出发时，才发现旅客中竟有一位坐轮椅的女孩，由一位老者推着，听导游说，这是一对父女。

　　大家本来说说笑笑的，兴致很高，但轮椅女孩出现后，每个人都闭上了嘴，收起了笑容，一声声叹息此起彼伏。藏在每个人心底的同情与怜悯，仿佛一下子被眼前的弱者点燃了。旅行社的大巴来了，大家没有登车，而是纷纷避让到车门两旁，我们几个年轻人还主动上前去，要把那女孩抬到车上去，女孩的父亲见状，

不停地说：“不用麻烦大家的，真的不用……”但每个人都认为他是在客套，觉得帮这个忙是责无旁贷。

于是七手八脚的，轮椅就悬了起来。大家喊着“一、二、三……”体味着助人的快感。没想到此时那女孩却急了。她大声说，“你们把我放下，你们快把我放下。”这呼喊声中有些惊恐，还夹杂着愤怒。大家听得面面相觑，于是抬起的轮椅又落回了地上。

我惊讶地看着，女孩的父亲也没有做什么，他只是从后面用力接住轮椅。此时，女孩伸出双手，牢牢握住车门两边的栏杆，突然一用力，把整个身子从轮椅拖引到车门最低的一级阶梯上。她缓了一缓，接着双手再抓住更高的栏杆，又一用力，身子便伏到了第二级阶梯上，女孩的身体微胖，她用一双手的力量，来支撑整个身体的行动，看起来很费力，很艰难，车门口只有三级阶梯，普通人几步就迈上去了，这对于她来说，却不啻于一条坎坷的路，一座陡峭的山。只剩最后一级阶梯了，但此时的她好像已没了力气，我从远处，能看到她的双手隐约暴起一道道青筋，她的身体几次向上努力，却一次次都失败了。她伏在最后一级阶梯上，大口喘着气。

每个人都看着她，我知道，此刻如果有人能去帮她一把，哪怕是轻轻地拉一下，她就能很轻松地登上去，坐到门口的座位上。但谁也没有敢动一下，我注意到，有几个女游客，看着那女孩时，双手竟攥成了拳头，眼里还有泪光。终于，女孩又动了起来，这次，她将双手握在一处，身子微侧，猛然一挺，她成功了。车下有掌声响起来。女孩坐在座位上，看着所有的人，自信地笑了。

旅行结束很久了，我还想着那个女孩，想她时，我没有想到坚强、令人敬佩之类的词汇，更没有想到那个轮椅，她是同其他我见过的女孩一样的，生活得自信，快乐，有尊严。

礼貌谏言

作为一个坐在轮椅上的女孩来说，被人抬着上车，是对她的一种怜悯，她需要用自己的力量，做这种她认为是力所能及的事情，所以她拒绝帮助，因此她获得了属于自己的自信和快乐。我们在伸出自己援助之手时，很可能也在无意间伤害了一个人的自尊。无论你的目的是怎样的，在与人相处的过程中，都必须选择被别人认可，和能够接受的方式去帮助一个人，而不是自以为是地发善心。

父亲的形象

文/佚名

每个人，都有自己的身份。如果你在人群中不去维护自己的基本尊严，你就得不到应有的尊重。

一个四五岁的小男孩，举着一管透明的五彩弹子糖，从超市林立的货架间，像小牛犊儿似的窜了出来。他的父亲急急尾随其后，眼看着孩子撒着欢儿冲向收银台狭窄的过道口。父亲停住脚立在一处货架旁，高声呼唤着孩子的名儿。孩子掉转头跑回父亲身边，父亲爱怜地牵起他的小手，像心口疼似的一手摁住左胸，缓缓弯腰抱起儿子。

走近收银台，父亲把孩子换个方向紧贴在左胸前，摊开右手心里预备好的五元钱结了账，欲往外走。一名保安一把拽住他，平静地问："先生，你的东西都结账了？""结了呀。"父亲利落地回答。男孩仿佛在配合似的，得意地摇晃着手里的商品。糖球发出清脆悦耳的"嚓嚓"声。保安看了看孩子，逼视着父亲，父亲一脸无辜的样子，抱紧胸前的儿子。突然，保安使出一招"黑虎掏心"，两块榛仁葡萄干巧克力在众目睽睽之下，从父亲的左胸袋内被"捞"了出来。

小男孩一见巧克力，两眼发出星星般的光亮。但随即他胆怯地把脸藏进了父亲怀里，因为，他看到保安正气势汹汹地瞪着他父亲。

父亲酱紫着脸解释说："这是儿子趁我不注意时放进去的，我压根儿不知道。"边说边慌乱地摸出一张十元的钱和几枚硬币打算付款。保安用不屑的口气说："两块巧克力原价二十元，但，现在你必须花十倍的价钱为你的行为买单。这是超市的规定！"男人傻了眼，可怜巴巴地说身上只有这么多钱。为了证明自己所言属实，他放下孩子，翻开所有的衣服口袋。

孩子安静地坐在收银台上，眨巴着眼瞅着父亲的窘态。围观的人群里有年长的顾客叹息说："作孽啊，当着儿子的面干这事，真不像话。"年轻的顾客则起哄说："现在小偷都狡猾，没准儿这小孩是他雇来的托儿。客气什么，送他去派出所。"

保安刚掏出手机，男孩的父亲立刻像头红了眼的牛，拼命去抢

夺保安的手机，两人纠缠了起来。小男孩吓得溜下收银台，抱着父亲的一条腿，哇哇大哭。

这时，有人喊，经理来了！围观的人群让出一条道。经理冷静地听保安汇报了情况，拿过一块巧克力，拍拍小男孩脑袋，柔声地问："告诉伯伯，是你让爸爸给你买的吗？"男孩抽搭着，用蚊子似的声音说："我看到别的小朋友吃，也想吃。可爸爸说咱家没钱，就给我买了这个。"说着，摇了摇手里的弹子糖。

经理看一眼男孩的父亲，瞟了瞟桌上的零钱，思忖了一会儿，抓起两块巧克力递给小男孩，慈爱地说："拿着。这是你爸给你买的。你长大了一定要好好读书，挣钱孝敬你爸哦。"小男孩怔怔地望着经理，懵懂地点了点头。

经理盯着男孩的父亲，压低声音恨恨地说："我不是纵容你偷盗，我只是维护一个孩子心里父亲的形象。请你以后时刻记住自己的身份！走吧！"

● 礼貌谏言 ●

人在社会中，都有着自己的地位和身份，你如果不能做你应当做的事，不但破坏了整个社会的秩序，还给自己加上了一个不自重的名声。

作为一个父亲，他在孩子面前偷窃，无论出于什么样的原因，这都让自己的作为父亲的身份大打折扣。而超市经理的行为，清楚明白地告诉他，作为一个父亲，就要学会维护一个父亲的形象。

我们在生活中，也必须懂得让自己做自己应该做的事，而不是去损害自己的名声。

改变生命的微笑

文/佚名

简单简朴的生活作风，会让你的世界展现出意想不到的温暖色彩。

小李是一个事业有成的青年，从小继承了数目庞大的家产，使他年纪轻轻，就已经是数家公司的老板。

他虽然很聪明很有才能，但也有一个缺点——那就是有一些富家子弟的气息。身上总是穿着至少数十万元的西装，手腕上也带着一个耀眼的劳力士金表，使他看起来确实颇为招摇。

而且，他平时为人也非常傲慢，只为自己着想。所以，大家都很讨厌他。但数个月前的某一天，当我在街头遇见他时，却令我一惊。

因为平时总是身穿名牌的他，竟然只穿着了一件非常普通的T恤；手腕上也没有那只耀眼的金表，而换了一只极便宜的石英表。态度也十分随和，脸上总是带着微笑。

面对这巨大的转变，我有些不敢相信，甚至怀疑眼前的此人，究竟是不是小李！

一个月前，身穿名牌衣服的小李，走进了一家大型百货公司，想为病床上的母亲买一件礼物。由于母亲这两天病情有了转机，因此他的心情特别好。

当他停好那部宝马，准备走出停车场时，突然有一个身材矮小粗壮的男人，从侧面猛力撞了过来，不仅没有道歉，还非常无礼地瞪着他。按照他平时的习惯，肯定会冲上前去理论一番，但他那天不仅心情好，况且是来为母亲买礼物，所以他并没有发火。相反地，还像一个老朋友般，向那个男子点头微笑，并说了一句："对不起！"

看到他微笑的表情和那一句对不起，那个凶狠的男人似乎有些惊奇，并露出了一种不可思议的表情。就在那一瞬间，他凶恶的表情，渐渐软化下来。

突然，他转身向外跑去。

小李当时只是感到有些莫名其妙，也没有在意。后来才发现，手腕上的劳力士表已不知在何时不翼而飞。

回家后小李看到晚上的新闻报导，提到当天中午，在某幢大厦的地下停车场里，发生了一起重大劫案。劫匪砍伤了一个驾驶着豪华跑车的老板，抢去了许多贵重物品。

当屏幕上播出这个劫匪的照片时，小李赫然发现，原来正是那个无礼碰撞自己的男人！

显然，当时如果小李与他冲突起来，极可能也会被劫匪砍伤。望着事主满脸鲜血的惨样，他不禁想到，究竟是什么救了自己，让这个凶狠的劫匪愿意放弃呢？

也许就是他当时的微笑——像朋友般真诚的微笑。 同时，小李也开始怀疑自己这身鲜亮的打扮，究竟还有什么意义。就在这个时

候，他在朋友的带领下，参加了一场布道会。在牧师的讲道中，他听到了一个《伊索寓言》中的故事：

从前有一头长着漂亮长角的鹿，来到泉水边喝水，看着水面上的倒影，它不禁洋洋得意。"啊，多么好看的一对长角！"

只是，当它看见自己那双似乎细长无力的双腿时，又闷闷不乐了。正在这个时候，出现了一头凶猛的狮子，这头鹿开始拼命地奔跑。由于鹿腿健壮有力，连狮子也被抛得远远的。

但到了一片丛林地带之后，鹿角就被树枝绊住了。狮子最后追了上来，一口咬住了它。

在临死之时，这头鹿悔恨地说道："我真蠢！一直不在意的双腿，竟是自己的救命工具；引以自豪的长角，最后竟害了自己！"

他恍然大悟。

从此以后，一个不关心他人的老板消失了；而一个态度随和，关心他人，脸上时刻洋溢着微笑的新老板出现了。

最重要的是，自此以后，小李脸上总是带着微笑——那种改变他一生命运的微笑。

● **礼貌谏言** ● ·

对于生活富裕的我们，很多时候也会被大人们的宠爱迷蒙了双眼，不懂得谦卑和随和的力量是多么的强大。当你意识到自己有一种高高在上的优越感时，你必须懂得蹲下来，展现自己温暖的笑容，让自己更亲近生活。

你不必生气

文/刘名远

对待友人的真诚和全力以赴，是我们对自己人品的最好证明。

李强正在开会，手机不合时宜地响了起来，朋友在电话里说，他急需几本专业资料，问李强能不能立即给他找到。李强知道那些资料很难找，但是出于朋友间的义气，李强还是把事情答应下来，并把他的事当做自己的事一样放在心上。

接下来的两天时间，李强都在为这事奔走——去了好几位同学家，跑了图书馆，在网上也查了很久，但还是一无所获。那些天李强焦急不安，头脑里老是惦记着有关资料的事，可谓睡不安寝饮食无味。但一想到朋友的渴望，李强认为这些付出是值得的。

恰巧有一天去北京办事，在一家大型书店逛时看到了朋友要的资料，欣喜若狂的李强赶紧掏钱把那些资料买了下来。回来后，李强便立即给朋友打电话告诉他，他要的书买到了。殊不知电话里朋友的声音却吞吞吐吐，原来他竟然记不起曾经让李强查资料的事。谈话末尾，总算清醒过来的朋友在连声道歉后这样说，那天他在设计的时候是急需要考证一些数据，但后来他找到了一种解决的办法，言外之意是：那些书他不要了。

当时李强脑子里冒出来的字眼儿是"多余"，他不但发现自己辛苦买来的书是多余的，就连他那一腔热情也似乎变成多余的了。他感到很颓然，不知自己的执著是为了什么。

回家后李强仍然没有从失落中走出来，妻子问明缘由后，说："这有什么关系，你的执着没有什么不对。你所做的一切，不是为了其他任何人，而是尊重了你自己。"

●礼貌谏言●┈┈┈┈┈┈┈┈┈┈┈┈┈┈┈┈┈┈┈┈┈┈┈┈┈┈┈┈┈┈┈┈┈┈

　　李强为了自己朋友的一句话，不惜浪费大量的时间来帮助朋友，但没想到这些资料朋友后来不需要了。这样的事情，换做很多人都会生气，但是李强的妻子一语道破生活的本质。其实，李强的执著，不是为了朋友，而是尊重自己，尊重自己对待友谊的态度。

　　我们也是一样，很多事不用去考虑值还是不值，你多做的一切，都是你源自自我品德本身的一些行为，无论你是去帮助别人，还是成全别人，你只是在维护自己做人的根本，懂得这一点就足够了。

乒乓绅士

文/晓哲

维护比赛的公平，是一个运动员能够表现出的最值得称赞的修养。

　　今年5月26日下午，我在家里看中央电视台直播的第49届世界乒乓球锦标赛。男子单打四分之一决赛，中国选手马琳与白俄罗斯选手萨姆索诺夫的对阵进行得异常激烈。马琳排名世界第一，萨姆索诺夫排名世界第六，两强相遇，自然格外引人注目。

　　比赛战至第二局，双方争夺得不相上下。当比分打到4∶4的时候，马琳一记凶猛扣杀，萨姆索诺夫奋力救球，来球没有落到台面

上，但刚好擦边。即使是一个优秀的裁判员，也不可能绝对避免错判，大概是球速太快，导致裁判员看错了，结果判萨姆索诺夫得分。

马琳十分温和地向裁判员示意，球擦的是球台的下边，得分的应该是自己。萨姆索诺夫也真诚地向裁判员示意，自己不该得分。后来，镜头反复回放，球的确是擦边，但不知什么原因，裁判员依然坚持了原判。马琳无奈地摇了摇头，但表示服从裁判。观众席上出现了一片哗然，一阵骚动。

接下来，轮到马琳发球。就在此时，一幕戏剧性的场面出现了。所有观众都清楚地看到：萨姆索诺夫在完全可以接好发球的条件下，故意将发过来的小球轻轻地推到了网下！萨姆索诺夫用这种"自杀"输球的方式，回赠了马琳一分，维护了比赛的公平。眼睛雪亮的观众立即对萨姆索诺夫此举报以经久不息的掌声。马琳也对他连连点头致意。机敏的电视转播解说员立即进行了十分简洁且精彩的评论：乒乓绅士！毫无疑问，萨姆索诺夫是当之无愧的乒乓绅士！

不错，萨姆索诺夫的绅士风度，表现在他对对手的高度尊重，表现在他对体育公平性的无私捍卫，表现在他对人格的自觉坚守。面对经久不息的热烈掌声，谦和的萨姆索诺夫只是礼貌地笑了笑。

后来，当第49届世界乒乓球锦标赛即将落下帷幕之时，大家看到了一个众望所归的场面：体育道德风尚奖颁给了乒乓绅士——白俄罗斯名将萨姆索诺夫。

●**礼貌谏言**● ·······································

　　萨姆索诺夫用自己的绅士风度，告诉众人，在比赛中，他维护着自己认定的公平和正义，他以自己优雅的失误展示了他个人的修养和风度。

　　每个人，都应该在自己占了些便宜的时候警告自己，什么才是自己应该得到的，时刻让自己处在公平的状态下，而不是让自己的天平偏向某一方，你才能在自己的生活中找到和谐和安逸。

请注重你的细节

文/佚名

不经意间，你很可能丢掉了自己的修养，所以，请注重每一个细节。

　　当擦鞋工低头为你服务时，你可以不用弯下身子去挽起你的裤管，但你大可不必两手扶着扶手，仰躺在椅子上，一副"给了钱就是爷"的样子；起身离开时也请别忘说上那句"谢谢"。

　　当掏粪工推着大粪走过你的面前时，你可以紧赶几步，走到他的前面去，但你大可不必又是捏鼻子，又是皱眉头，嘴上还"呸!呸!"啐个不停，似乎天生就没闻过粪臭的样子。

　　当部属与你迎面碰上时，你可以不用笑脸相迎，招呼在前，但你大可不必在部属主动送上笑脸，招呼问好时，连正眼都不看，甚至连鼻孔也懒得哼，一副居高临下、官气十足的样子。

　　当看到空难、矿难、地震、洪灾等灾难性画面时，你可以不用痛哭失声，泪流满面，但你大可不必一边若无其事地看灾难镜头，一边还投入地胡吹海侃。

　　当你座旁站着老人、小孩和妇女时，你可以不主动起立让座，但你大可不必对别人主动让座的行为说三道四，冷嘲热讽。

　　当有乡下人不知"麦当劳"、"肯德基"为何物时，你可以在心里保留你的惊讶，但你大可不必一副"城里人"的派头，像打量怪物似的上下打量别人，末了还鄙夷地丢下那句"乡巴佬"。

　　当你的好心和善举被人误解、利用、欺骗甚至横遭厄运时，你可以为此伤心并适当宣泄你的愤怒，但你大可不必因一叶障

目，不见泰山，就得出太阳本暗的结论，甚至以极端的方式报复他人，危害社会。

　　生活中有许多细节，你也许不经意，但就是这些不起眼的细节，可以折射出你的人品，影响你的人缘，决定你的发展和未来。请尊重你生活中的每一处细节，因为，尊重细节，原本就是尊重你自己；而忽视细节，受害的，可能会是你的一生。

● 礼貌谏言 ●

　　一个人的善良和修养，是表现在每一个微小的瞬间的，当你面对任何人和任何事，都能展现你的修养和品德时，你才能够称得上真正的绅士。否则，你的绅士风度就被算作是逢场作戏的虚假善良。一个人，对这个世界充满爱和关注，就不会在任何一个细节丧失自己的风度。当你发现正活在自私里，你就永远也做不到关注自己的细节，更无法做到展现出绅士的风度。

忍耐的风度

文/徐捷伟

懂得忍耐的人，必定是胸怀宽广的人，也只有这些人，才可以担负更多的使命。

在西方，考核一个政客的第一道试题——忍耐。

光是漫长而激烈的竞选过程就够难熬的，其间还会碰上无数意想不到的打击，没有足够的忍耐力是坚持不下来的。即便成功地爬到了国家政要的位置上又怎样呢？他们在国内接触选民或出国访问的时候，有谁没遭到过民众的围攻、谩骂，甚至还受到过石头、臭鸡蛋和西红柿的袭击？

远的不讲就说最近的。全世界都知道英、美关系最好，美国新当选的总统布什第一次访问英国，毫无例外地受到了英国民众的抗议。群众聚集在他要经过的街头，举着旗子，喊着口号，指责他在美国部署和发展"反导弹系统"和拒不在维护世界环境的"京都议定书"上签字……抗议达到高潮时就有鸡蛋像绣球一样朝他抛去——是不是臭的，从电视画面上看不真切。没过几天，英国首相布莱尔出访另一个同盟国，也受到了跟布什大致差不多的"礼遇"。当时他们的表情：你骂你的，你扔你的，我尴尬归尴尬，只要你没有一石头把我的脑袋开了瓢，我就该笑还要笑，该说还要说，该干什么照干不误！

有时还不仅仅是政客，只要在西方做个名人或有钱有势的人，

就很容易碰上类似的尴尬。2001年3月29日，世界银行行长沃尔芬森在芬兰举行记者招待会，突然遭到蛋糕袭击，满头满脸都是奶油，像烂葡萄一样滴流甩挂，他仍不忘保持风度，并立即为自己解嘲："味道还不错，只是这东西破坏了我的节食计划!"

没有这两下子，怎么当一个大名人或做一个现代政客? 像2001年春天英国大选时的那个工党副首相，人家打了他一下，他马上回一拳，愣把人家给打倒了!痛快倒是够痛快，可自己的政治前程也叫这一拳给打飞了。"小不忍则乱大谋"，你心里既有"大谋"，在小处就要能忍。

● 礼貌谏言 ●

当一个人的位置做到了不可侵犯的地位，仍然可以容忍，这就是一种难得的修养。当然，任何的容忍都不是纵容，每个人都有自己尊严的底线，在生活中，你不可以轻易去碰触一个人的尊严，更应该在忍耐的时候，维护住自己做人的根本。

上帝的眼睛

文/佚名

用你一切的美好品质，告诉上帝，你是一个怎样优秀的人。

　　小的时候，我的家境很不富裕，加之我又很馋，这使一切好吃的东西对我充满了诱惑。

　　一次邻居送来一块年糕，祖母照旧分成两份，我和姐姐各一份。我狼吞虎咽地吃完自己的那块时，姐姐还没回来，这时家里只有我一个人，看着灶台上的年糕，我终究经不住诱惑试着吃掉一小块，当一大块年糕被我如此一点点消受光时，我才感到事情的严重性；祖母终于回来了，我不敢抬头看她，一口咬定年糕不是我吃的，祖母不嗔不怒，对我说："我们的一举一动，上帝都会看在眼里的，如果我撒了谎，晚上上帝会在你鼻子上抹黑的。"我吓坏了，夜里关好了所有的门窗，凭着我那时的知识，以为"上帝"一定是个很高很大无所不能的人。早晨醒来，祖母已在灶房做饭了，想起昨晚祖母的话，我摸着鼻子到镜子里一照，鼻子上果然有拇指大小一块黑，我吓得大哭起来，在祖母面前承认了我的错误，并且发誓以后不再撒谎。

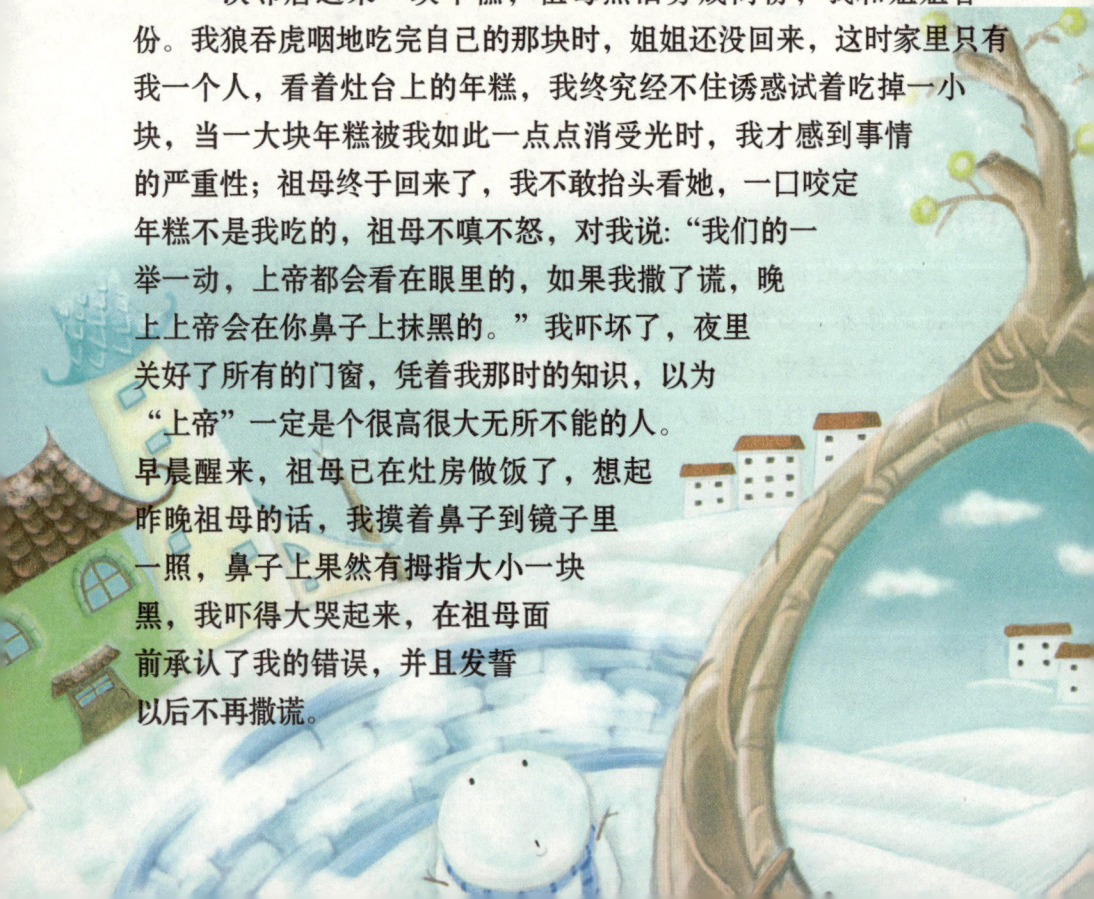

随着我的长大和成熟，童年的记忆差不多都淹没在岁月的风尘中，唯有这段经历刻骨铭心。读的书多了，渐已明白，世界是无所谓上帝的，所谓"上帝"其实便是我们自己，而上帝的眼睛便是我们的良知和信念。

记得在《简·爱》中，小简爱对把她关在红屋子里对她倍加折磨的里德太太大声喊出："你的所作所为，死去的里德叔叔都会在上帝那里看得清清楚楚的。"里德太太顿时被吓得的手足无措，其实，里德太太又何尝不知道"神灵妄说"的道理呢，只是良知在反省中所生出的恐惧罢了。

我们的一举一动上帝都会看在眼里的，上帝的眼睛让我们穿透现实的自私、冷漠和怯懦，固守灵魂深处的那份理解、宽容和坚强；努力而诚恳地工作，正直而清白地做人，留一份坦荡的心境，永远问心无愧地生活，无论对事，还是对人。

● **礼貌谏言** ●••

我们的一举一动，事实上与上帝无关，但与我们本身息息相关，可以说，我们就是自己的上帝，而我们的良知，就是这上帝的眼睛。

当我们清白为人，勤恳生活的时候，我们的良知会告诉我们自己，我们正在全心全意的生活，而且这生活，不但让我们自己肯定了自己，也必将得到更多人的认可。

爱自己最好的方式，就是让自己摆脱自私、冷漠和怯懦，让自己真正以坦荡正直的形象，昂首生活。

素质

文/佚名

在每一个细节都表现出你的绅士风度，你才称得上是真正有修养的人。

早几天，主管说一个德国客户要来看我们公司的一个项目。派我去接机，人家德国友人却说不用了，他已打听好了路线自己过来。准备帮他预订宾馆，他又说自己订好了。我一听头皮立刻发紧：公司有定点宾馆，以便打折，老板最怕客户提出入住什么特色宾馆，因为房费太可观！于是主管打起小算盘，说如果业务谈成我们结账，谈不成的话，就让德国客户自付房费！

德国客户乘坐的出租车在我面前停下，我满脸笑容，伸手去接行李。谁知他惊讶地连声谢绝，说怎么可以让女士来为男士拎包呢？

德国客户把自己订的宾馆地址递给我，居然是那种实惠的连锁旅店。顿时，我对此人的好感噌噌噌地往上冒，暗暗决定不管此次业务谈成与否，都要力劝主管给他付房费！

陪他去看项目。上车前，我连忙过去，打算帮他开左边的主座车门，但是他却一下子就到了右车门，拉开车门朝我做了一个"请"的姿势，十足的绅士。

看完项目出来，突然大雨倾盆。可我们的车子还停在露天停车场，有近100米的距离。我只好微笑着对德国客户说，我们只有冲刺到停车场了。他连忙点头同意。于是我俩一左一右狂奔。跑了一段后，我转冲向我的右车座方向，突然发现他在前面冲到了我的方向，我便赶紧换到他的左车座方向，以便节省时间让大家尽快上车。谁知等我坐到左车座上时，这位可爱的德国客户正站在大雨中开着右车门，一脸笑容，等待我上车……我红着脸呼唤他上车，他呆愣了一下，会心地坐到了车里。我不由自主地用中文嘀咕，"天哪，我不是故意的，我真是没想到！"司机从反光镜里看着一切，突发感慨："这就叫素质！"

生意终于谈成，主管指示，德国客户的宾馆费用等由我们承担。结果人家还是没给我这个机会，自己早就把账结了。

德国客户临走时，我一再说欢迎您下次再来，这句话不是客套，而是发自内心的。

● **礼貌谏言** ●

如果你能够在任何时候都保持自己的修养和风度，你也可以被人称赞。其实，我们本身的修养，就是应该在任何时候都能够自然而然遵守的礼仪，这种礼仪，与任何人无关，只关乎我们自己。

弯腰

文／王志明

用礼貌的方式维护自己的尊严，是对无礼的最好反击。

一个挪威的青年男子漂洋过海来到法国，他要报考著名的巴黎音乐学院，考试的时候，尽管他竭力将自己的水平发挥到最佳状态，但主考官还是没能看中他。

身无分文的青年男子来到学院外不远的一条繁华的街上，勒紧裤带，在一棵榕树下拉起了手中的琴，他拉了一曲又一曲，吸引了无数的人驻足聆听。饥饿的男子最终捧起了自己的琴盒，围观的人们纷纷掏钱放入琴盒。

一个无赖鄙夷地将钱扔在青年男子的脚下。青年男子看了看无赖，最终弯下腰拾起地上的钱递给无赖说："先生，您的钱掉在了地上。"

无赖接过钱，重新扔在青年男子的脚下，再次傲慢地说："这钱已经是你的了，你必须收下！"

青年男子再次看了看无赖，深深地给他鞠了个躬说："先生，谢谢您的资助！刚才您掉了钱，我弯腰为您捡起，现在我的钱掉在地上，麻烦您也为我捡起！"

无赖被青年男子出乎意料的举动震撼了，最终捡起地上的钱放入青年男子的琴盒，然后灰溜溜地走了。

围观者中有双眼睛，一直在默默关注着青年男子，这是刚才那名主考官，他将青年男子带回学院，最终录取了他。

　　这个青年男子叫比尔·撒丁，后来成为挪威有名的音乐家，他的代表作是《挺起你的胸膛》。

　　当我们陷入生活最低谷的时候，往往会招致许多无端的蔑视；当我们处在为生存苦苦挣扎的关头，往往又会遭遇肆意践踏你尊严的人。针锋相对的反抗是我们的本能，但往往会让那些缺知少德者更加暴虐。我们不如理智地去应付，以一种宽容的心态去展示并维护尊严，那时你会发现，任何邪恶在正义面前都无法站稳脚跟。

● 礼貌诤言 ●

　　当比尔·撒丁走投无路的时候，他选择在大街上卖艺，但他绝没有出卖自己的尊严，对于好心人对他的欣赏和肯定他心存感激，但是对于无赖的挑衅，他则以自己不卑不亢的礼貌方式，将心里的无畏的尊严回敬以无赖。换取的，必定是所有人对他的肯定。在我们自己的生活中，时刻维护自己的尊严，同时懂得用不卑不亢的礼貌方式去化解别人对你的偏见，是我们应该时刻学习的。

一瓶水的修养

文／佚名

这财万贯，为什么还要拿着只剩一口水的矿泉水瓶？

一位记者随同一所受捐助的师范学校老师去机场迎接一位捐助者，捐助者是香港实业家，家财万贯。

在机场为了解渴，他们各自买了矿泉水。刚喝了几口，飞机就到了，大家都不约而同地把手中的矿泉水扔到了垃圾桶里。他们看到大富翁从飞机上走下来，他们便迎上去，向大富翁问好。

大富翁态度很好，也很随和。他的手中像一些旅客一样拿着一只矿泉水的瓶子。他拿着那只瓶子和记者及迎接的老师说话，谈笑风生。人们看到，大富翁手中拿着的几乎是一只空瓶子，瓶底只有一口水了，随着他的手在晃动，矿泉水发出轻微的声音。他拿着那只装有一口水的瓶子一直坐上了接送他的车子，还是没有扔掉。

车里有水，有人递给他一瓶满满的矿泉水。他摆摆手，然后把那瓶中剩下的一口水喝完，把瓶子放下，然后接过满瓶的矿泉水。

他这次留下了500万元的捐款。他的名字叫田家炳，香港知名实业家、慈善家，20年他已经捐款10亿元人民币。

除了爱心之外，更让人感动的应该是那瓶只装有一口水的瓶子。

● 礼貌谏言 ●· ·

生活中我们经常看到有些人拿着矿泉水，当瓶中只剩一点的时候，就把瓶子扔向了垃圾筒。而家财万贯的田家炳，也没有像其他人那样高傲不羁，而是勤俭节约，不浪费最后一滴水，哪怕瓶中只剩下了一口水。这充分体现了一个人的修养。

个人修养作为一种无形的力量，约束着我们的行为。任何一个人只有具有良好的个人修养，才会被人们所尊重。

我错了

文/佚名

信任，源自心底的清澈坦荡，源自你的言出必行。

一名身绑炸药的歹徒闯入校园，挟持了两名中学生与警方对峙。歹徒时而仰天大笑，时而痛哭流涕，情绪异常激动，而他提出的条件更令人哭笑不得：要求警方立即枪决犯人李某，否则就与人质同归于尽。

警方迅速查清了歹徒的身份背景。此人曾在采石厂工作多年，精通爆破技术，后来改行经商，一个月前被最好的朋友李某骗得倾家荡产，精神因此受到极大刺激。歹徒虽然失去理智，却丝毫不笨，他身上绑的是挤压式炸药，只要受到3公斤以上外力压迫就会引爆，如果他倒地同样会引起爆炸，因此警方不能将其击毙。

为了稳住歹徒，警方派出了谈判专家与其周旋，准备伺机而动。谈判从早晨一直持续到中午，歹徒的情绪稍稍稳定，再加上长时间的高度紧张导致体力下降，他不自觉地放松了警惕，两名特警悄无声息地迅速向他身后接近。眼看大功即将告成，偏偏在这个节骨眼上，意外发生了。

那名被挟持的女生忽然向歹徒提出要上厕所，那名男生也跟着说要上厕所。歹徒一愣，顿时警惕起来："想逃跑？没那么容易，当我是傻瓜啊？"他环顾四周，立即发现了身后的一切，下意识地拉紧了手中的炸药引信，暴跳如雷："骗子，你们全部都是骗子！"警方功亏一篑，气氛骤然紧张起来。

此时哪怕尿裤子也不能吭声啊，可他们毕竟只是两个大孩子，从来没经历过这种场面，哪能想到那么多。片刻之后，歹徒忽然又大笑起来，一跺脚，大声叫道："好，我同意你们上厕所，但是只能轮流去，如果有一个不回来的话，那么剩下的人就给我陪葬！"他已不再相信警察，那种口气根本不容商量，两个孩子吓得脸色煞白。这一招真够歹毒的，谁都明白，在那种场面之下，无论谁先走了也不会再回来送死。让谁先离开呢？

事发突然，此刻连警察也拿不出更好的应对之策，空气顿时凝固了，犹如箭在弦上，悲剧一触即发。两个孩子面面相觑，不知所措。"再不走，你们两个现在就陪我一起死。"歹徒为自己的"创意"感到得意，不断威胁催促。僵持片刻，男孩首先开口，对女孩说："我是男子汉，你先走吧。"女孩仿佛得到特赦，转身就走，刚走出两三步，忽又停住，回过头告诉男孩："请你相信，我一定回来。"声音很小，却字字清晰。男孩苍白的脸上泛出淡淡的笑容，冲她点了点头："我相信你。"女孩一路小跑，离死神越来越远……

此时，如果从全局着想，最完美的方案当然是女孩上完厕所再回去当人质，至少这样不会刺激歹徒的情绪，然后再从长计议。可是女孩好不容易才死里逃生，警方总不能劝人家再往火坑里跳，是否回去只能由她自己做主。时间似乎停止了，每一秒钟都像过了一年，现场一片寂静，只有每个人心跳的声音。

还好，几分钟后，女孩上完厕所后主动回去了。歹徒大感意外，有些沮丧，又有些不甘心，只好把男孩放出去。男孩临走时也告诉女孩："请你相信，我一定回来。"女孩报以信任的微笑。男孩上完厕所，正往回走，围观人群中忽然跑出一个女人，一把将他抱住，放声痛哭，男孩叫了一声"妈"。歹徒离得不远，清楚地看

到了这一幕，掩饰不住得意之色。他知道，世上没有一个母亲会眼睁睁地看着儿子涉险。歹徒手拉着引线仰天狂笑，凄厉的笑声撕破了校园的宁静，令人毛骨悚然。

女孩的身体在微微颤抖，她绝望地闭上了眼睛。谁也没料到，那个母亲擦干眼泪，松开手，拍了拍男孩的肩膀："儿子，你是男子汉，有警察叔叔在，咱什么都不怕！"得到母亲的鼓励，男孩继续向歹徒走去。

看到女孩和男孩先后回来，歹徒一脸的不可思议，双眼死死盯着两个孩子，表情复杂而又奇怪。出人意料，几分钟后，他举起了双手，向警察投降。

事后歹徒说："自从那次被朋友欺骗之后，我就再也不相信任何人，所以我要报复所有的人。但是那天，我突然发现，我错了！"

● **礼貌谏言** ●·····································

　　两个半大的孩子，却用自己的言出必行，教育了一个疯狂的歹徒，什么才是值得信任。在生命悬于一线的瞬间，两个孩子能够相互将生命交付到对方手中，这就是人与人之间能够展现的最为强大的信任，这种信任，能够感动一个不相信任何人的歹徒，一点也不为奇。因为这世界，就是需要这种包含着大智大勇的信任。

我是来道歉的

文/佚名

面对真诚的道歉，你的宽容就是对善意最好的维护。

　　几年前的一个晚上，我和妻子去纽约市朋友家吃饭。当时雨雪交加，我们赶紧朝朋友家的院子走去。我看到一辆汽车从路边开出，前面有一辆车等着倒进那辆车原先的停车位置。可是，他还未及倒车，另一辆车已从后面抢上去，抢占了他想占据的位置。"真缺德！"我心想。

　　妻子进了朋友的家，我又回到街上，准备教训那个抢位的人，正好，那人还没走。"嗨！"我说，"这车位是那个人的。"抢位的人满面怒容，我们很快吵了起来。不料，抢车位的人自恃体格魁伟,突施冷拳,把我打倒在他的车头上,接着便是两巴掌。我自知不是他的对手,心想前面那个司机一定会来助我一臂之力。令我心碎的却是,他目睹此情此景后,开着汽车一溜烟地跑了。

抢位的人"教训"了我一顿以后,扬长而去。我擦净了脸上的血迹,悻悻地走回朋友家。妻子和朋友见我脸色阴沉,忙问我发生了什么事,我只能编造说是为车位和别人发生了争吵。

不久,门铃又响了起来,我以为那个家伙又找上门来了。他是知道我朝这里走来的,而且他也扬言过,还要"收拾"我。我怕他大闹朋友家,于是抢在别人之前去开门。果然,他站在门外,我的心一阵哆嗦。"我是来道歉的,"他低声说,"我回到家,对自己说,我有什么权利做出这种事来?我很羞愧。我所能告诉你的是,布鲁克林海军船坞将要关闭,我在那里工作了多年,今天被解雇,我心乱如麻,失去理性,希望你能接受我的道歉。"

事过多年,我仍记得那个抢位的人。我相信,他专程来向我道歉,需要多大的力量和勇气。在他身上,我又一次看到了人性的光辉。

● **礼貌谏言** ●∙∙

　　用宽容和爱去对待伤害过你的人，你会发现很多伤害是无心之过，很多伤害你的人也正在受着良心的拷问。在自己的能力范围内，去接纳真诚的悔过，相信你会发现许多的美好。

用爱倾听

文/方冠晴

　　可以说，任何烦恼都来自我们内心，只要你心态平和，世界充就满了爱的声音。

　　上帝给了我们耳朵，是让我们能听得到世间所有纷杂的声音，而人类给了自己爱心，是让我们将所有纷杂的声音，转换成美妙动听的音乐。

　　那段日子，我被楼上楼下的住户折腾得快疯掉了。我家住二楼。住我楼下的，是一对下岗夫妇。为了生活，这对夫妇买了一辆破旧的三轮摩托车，每天出去载客，深更半夜才回来。那辆摩托车破旧得像个严重的哮喘病人，"突突突"的响声像哮喘病人的咳嗽，不但巨大，而且让人揪心般地难受。我楼上的那家住户，不知怎么的心血来潮，他给女儿买了一支箫。每天天刚蒙蒙亮，他就逼着女儿练习。那声音呜呜咽咽，毫不连贯，毫无乐感，听在耳里，像鬼哭狼嚎。

几经考虑，我决定搬家，搬到一个清静的地方去居住，那样有利于我的写作，也有利于我的健康。我找到一位朋友，诉说了我的苦衷，叫他帮我物色好的住所。朋友笑眯眯地听着，然后问我："你觉得我居住的环境怎样？"我说："就是觉得你这里清静，所以叫你帮我找住的地方。"朋友得意地点点头，说："好吧，你先在我家里坐一个小时，感受一下。"

我在朋友家里呆了一个小时，这里的环境确实幽静。但一个小时后，人们陆续下班回家，嘈杂开始显现。最要命的是，隔壁的阳台上，传来一种含糊不清的类似于说话的声音，像原始部落的人用特殊的声音在喊叫，声音刺耳而使人不明所以，让人听了格外不舒服。

我问朋友这是什么声音。朋友说："一个9岁的男孩，在学说话。你仔细听听，他说的是什么？"我侧耳倾听，那男孩无疑在重复一句话，但我怎么听都听不明白他在说什么。我猜测说："他好像在说，羊刚扑倒在地。"朋友哈哈大笑，说："你错了。他是说，阳光普照大地。"说着话，他拉开了通往阳台的门，使那孩子的声音更大一些，而且我听到，有一位妇女，在不断地纠正那个男孩。妇女说的，正是"阳光普照大地"。但无论妇女怎么纠正，那男孩说的，仍是"羊刚扑倒在地"。

朋友问我："如果让你住在这里，每天听到这样的声音，你感觉如何？"我直摇头，实话实说："受不了，不但声音太吵，而且他怎么学都学不会，听着都替他急死。""但是，在我的耳朵里，这孩子的声音简直就是一曲美妙的音乐。不但我有这样的感觉，住我们这栋楼里的人，都有这样的感觉。"

朋友见我一脸诧异，便解释说："这孩子是个弃儿，一出生就又聋又哑，所以他的生身父母抛弃了他。是我的邻居将他捡了回来，

不但抚养他，而且到处求医问药为他治疗。从他四岁开始，我的邻居就开始教他说话，我们都以为这是不可能的事情，但我的邻居锲而不舍，坚持每天教他。到他5岁的时候，有一天，他居然开口叫妈妈了，虽然声音那么模糊，但我们都听清了。我的邻居当时就激动得哭了，我们在场的许多人都热泪盈眶。我的邻居含辛茹苦这么多年，终于让这孩子开口说话了，你说这怎么不让人激动。所以这以后，我的邻居更加认真地教他说话，我们这栋楼里的住户，都觉得这声音就是美妙的音乐。"

在我离开朋友家的时候，朋友说："你听这孩子的声音，很刺耳，很不舒服，那是因为，你是用耳朵在听。而我们听这孩子的声音，很动听，很欣慰，那是因为，我们是用爱在听。只要学会用爱去倾听，这世间许多声音，都是美妙的音乐。"

朋友的话，在我的心里产生了强烈的震撼。是的，如果用耳朵去听，这世界，有许许多多的声音，有动听的，有刺耳的，有美妙的，有聒噪的，这些声音尽皆入耳，可以让你觉得是一种折磨。但如果用爱去听，这世界，就只有一种声音，那就是，美妙与和谐，让人觉得欣喜和欣慰。

我打消了搬家的念头，奇怪的是，再听楼下摩托车的轰鸣，我没觉得刺耳，而是觉着欣慰，这对下岗夫妇今天又有生意了，又有收入了，我为他们感到高兴。而再听楼上的箫声，我也能听到小女孩的进步。

上帝给了我们耳朵，是让我们能听得到世间所有纷杂的声音，而人类给了自己爱心，是让我们将所有纷杂的声音，转换成美妙动听的音乐。想享受美妙动听的音乐，就要学会用爱倾听。

● 礼貌谏言 ●

生活中，我们总是会觉得被他人打扰着。但人生活在社会中，不可能成为一个独立的个体，不被任何人和事打扰，很多时候，你也在打扰着别人。所以，用一种充满爱和宽容的方式去看待我们的生活，看待我们周围的人和事，你会发现这世界充满了和谐。

活动室

有时适当的换位思考也是礼仪的一种表现，当你因为帮助别人而上学迟到时，你是不是也想让老师理解你的苦衷。同样，当你不满意别人的一些做法时，你也不妨换位思考一下，你的心胸将会更加宽广。写一写你身边关于换位思考的例子，使你最先想起来的一定是你感触最深的。

_____

_____

_____

_____